张炜

绿色遥思

生活·读书·新知三联书店

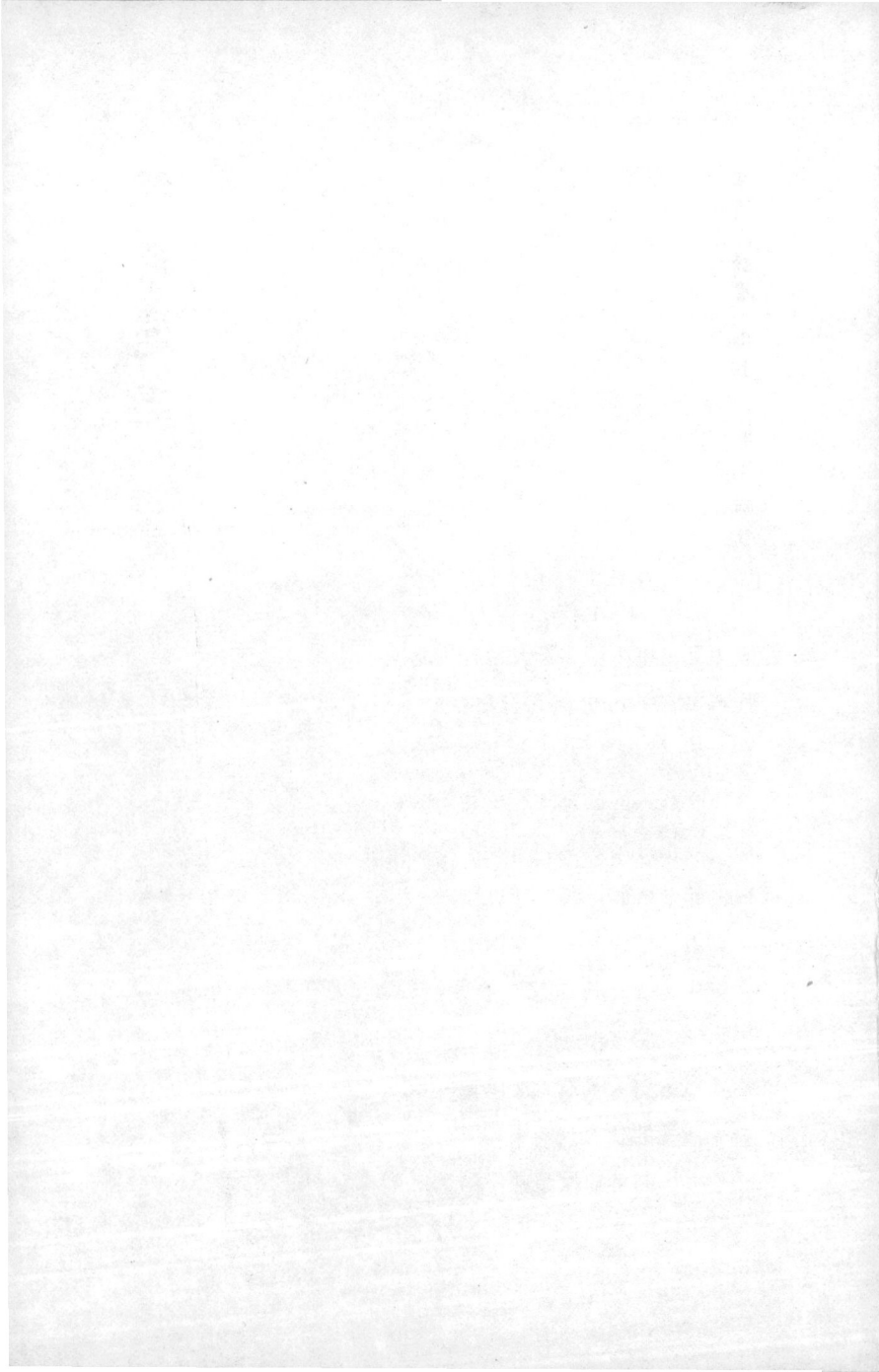

写
在
前
面

　　张炜，1956 年生于山东龙口，原籍山东栖霞。童年在
海边果园里生活，长大后做过工人。大学毕业后，到省城
从事了四年历史档案资料编研工作，以后一直做专业作
家，是山东省作家协会主席、万松浦书院院长。

　　他是一位擅长鸿篇巨制的写手，已出版长篇小说《古
船》、《九月寓言》、《柏慧》、《家族》、《外省书》、《刺猬
歌》等十余部，其中《古船》和《九月寓言》给他带来巨
大声誉，被翻译到许多国家出版。他的中短篇小说也很精
彩，如《秋天的愤怒》、《蘑菇七种》、《冬景》、《海边的
雪》等。在写小说的同时，还写有大量散文和诗。他的个
性里很有诗人气质，所以他的作品诗意浓郁，是当代抒情
哲思散文的代表。其实，他的许多小说也有诗性特点。

　　张炜的早期作品常写两性之间朦胧的感情，显得纤巧

婉美；中期转向对中国农村的历史和现实的思考，揭示底层百姓的人性，日益走向深厚沉郁；此后则更多地探究当代中国文化的命运和出路，包括传统文化的现代化改造问题和知识分子的精神自救问题，回归大地、"融入野地"是他设计的一条理想之路。他的故事总是与自然环境融汇一起。

有人认为，张炜的作品里表现出强烈的人道主义精神，其人道主义精神分为三个不同阶段：最初，是对人道主义精神的歌颂（如《声音》）；第二阶段，是对恶人恶势力非人道主义行为的反抗和鞭挞（如《秋天的愤怒》）；第三阶段，则是对整个人类、整个社会中所存在的一切非人道主义因素的揭露和批判。《梦中苦辩》中对杀狗者的诘问是何等痛心疾首，淋漓尽致！

张炜的主要作品，几乎都是写芦青河入海口两岸，那生他养他的地方。准确些说，其中写得最多的，还是芦青河边的果园、老林子。童年的生活对一个作家的影响之巨，在张炜身上得到了再一次证明。除了果园、老林子，他最爱写海边的生活。其实在他心目中，自童年起，芦青河和大海、果园和海滩便是一体的。风声水汽、烈日清辉，乃至寂寞孤独，都是他和它们共同的经历。这一片清冷广阔的边远风光，整个地画入他心中，成为他思想、生活和创作的永久背景，也成为无数读者心目中的一方神奇之地。

　　本书选自张炜的各种作品集，其中既有发生在那方神奇之地上的神奇故事的讲述，也有对人性的尖锐思考，还有对中国文人的和民间的古老传统的温情和忧虑——其实大多情况下，这三个方面在张炜笔下是纠缠在一起的，无法分开。

生活·读书·新知三联书店编辑部

2009 年 12 月

目
录

纸与笔的温情

尽管最早的文学不是写在纸上的，但用纸和笔成就文学却是很早以前的事情了。它简直是很古老的事情了。更早是用竹简木片、兽皮锦帛加刀锥羽毛之类，用这些记录语言和心思，传达各种各样的快乐和智慧。后来有了纸，也有了很好的笔，如钢笔。这就让文学作家更加方便了，快乐了。

他们有可能因此写得更多了吗？当然是这样。但是并不能保证写得更好。

纸与笔使作家写得更快了一些，特别是钢笔，内有水胆，不用蘸墨水了，所以中国人一直叫它为"自来水笔"。墨水自来，多么方便，那么写作者在写作时，等待的永远只是脑子里的东西了。而在古老的时期就不是这样，古老的时期，人想好了一句话，要费许多力气才能记下来。

现在我们不得不正视这样一个问题：是谁处在等待的

地位？是工具还是思想？这可能是不一样的。这在写作中也许是一个不小的问题。有人以为工具的问题只是一个可以忽略不计的小小的问题，我不那样看。特别在今天的作家那里，总愿意证明电脑打字机的诸多好处，证明它的有益无害。也许真的是这样。不过另有一些人心里装着的却是一个反证明，他们很想证明它对写作是有害的，只苦于无法像数学家物理学家一样得出求证罢了。

在缺纸少笔的时代，在竹简时代，人们为了记录的方便，就尽可能把句子弄得精短，非常非常精短。读中国古文的人都有个体会，那时的文字简洁凝练到了极点，大多数的词只有一个字。现代汉语的词则要由两个字或更多的字组成。把一段古文翻译成现代语文，一般要增加两到三倍的长度。

中国古典文学的美，美到了无与伦比，难以取代。有人说中国现当代文学的美也是不能取代的——那也许，那是因为它就这样了，它已经无法变成另外一种模样了。但是起码现在的人普遍认为，中国文学的最高峰仍然在古代。为什么？理由很多了，我看其中的一个理由大概是不能忽视的，那就是因为书写工具的变化，是它的缘故。

西方的文学是不是与中国文学走了同样的轨迹，我手里没有更多的资料，还说不准。

总之从古到今可以这样概括：工具变得越来越巧妙越

来越灵便，文学作品的数量也随之增多，品质也在改变，但却不是越变越好了。其实文学写作无非是这样：用文字组成意趣，它一句话的巧妙，思想的深邃，着一字而牵连大局——这一切都得慢慢来才行，要一直想好了，再记下来。这个过程太快了不行。工具本身既然有速度的区别，那么速度快到了一定的程度，就要催促和破坏思想了。这是个简单的原理。

显而易见，现代写作工具的速度在催逼艺术，催逼它走向自己的反面，走向粗糙的艺术。实际上，许多古老的艺术门类就是这样，它一旦离开了对原有的生产方式的维护，背弃了这种方式，也就开始踏上了死亡的道路。它会慢慢消失。文学似乎仅仅是一种写在纸（竹简、帛）上的、一种语言的艺术，这个事实是有目共睹的。现在越来越多的人发出惊呼，说文学阅读正在被其他的方式所取代。他们这是在悲叹文学的命运，它极有可能迎来的最终的消亡。

如果这种恐惧有一定的真实依据的话，那么我认为它其中的一个原因不是别的，正是因为今天的文学大多已不是写在纸上的东西了。这一来它就与其他的视听产品，与其他的娱乐方式没有什么根本的区别了。它们的品质大同小异。

现在的文字通过键盘，以数字方式输入，闪现在荧屏上。阅读和传递也是以数字方式实现的。我们都知道，现在还有个要命的网。当然，现在主要的文学作品最终也要印在纸上，但那只是以数字方式输出来的东西，是一种数字转化而已。就在这种转化当中，有一些最重要的特质被滤掉了。这种特质是什么，我们暂时还不能准确地知道，但我们大致可以明白，那是诗性——文学中最为核心的东西。

数字的传播和输入方式影响了思维，改变了文学作品的质地和气味，这已经不难查觉。作为时代性的转变，渐渐蔚成风气，终于使各种文学写作发生了流变，甚至也波及到传统的写作：那些仍然使用纸和笔的人，也在自觉不自觉地跟进，无形中模糊了与数字输入品的界限。

我们都知道，中国汉语使用一种象形文字，那么写字就等于是对物体形状的一次次描摹。当然了，文字进入记录功能愈久，这种描摹的意识就会大大减弱以至于没有。但它的确是有这种功能的，它在人的意识中潜得再深，也还是有的。它也许藏到了人的意识的最深处，藏到了潜意识之中。所以说，从本质上来看，写字是很诗意的一种事情。所以中国有书法艺术，而其他国家的拼音文字就难以做成这一艺术。

以数码形式输入的文字仅仅是一种代码，它的过程取消了描摹的诗意。而人在纸上无数次的描摹所引起的生命冲动，它的快感，它不断重复的联想功能，也都一并取消了。从这个角度看问题，看待写作工具的变化，就不仅仅是个速度催逼思想的问题了。

文学在很大程度上是一种描摹，文字的书写，也是一种描摹。可见它们同质同源。

所以，真正意义上的文学作品，读者首先看到的总是"文字"，而不是"代码"。这里所说的"文字"不是一般的文字，而是具有强烈"文字感"的文字。而现在的许多作品正好相反，我们在阅读中首先感到的不是文字，而是一些符号在眼前匆忙掠过，它们只是充任了符号的功能，相当急促地、直接地表达了一种意思或故事。没有了文字感，当然也就没有了传统意义上的语言。而文学是一种语言的艺术——没有了语言，也就没有了文学。所以，人们痛感文学在消亡，这原来是有道理的。

现代传媒中出现的文字、它所运用的语言，一般来说只具有符号和代码意义。作为一种代码，它需要简便快捷，因而突出的也只能是文字的符号功能。

最终，如果文学作品的阅读过程中没有了文字和语言的深刻感受，没有了关于它的快感，文字和语言就真的只能成为一种代码和符号，它在使用中也就与一般的现代传媒没有了根本的区别。既然没有区别了，文学又如何能够存在、如何具有存在的必要呢？既然从文学作品中读到的东西，所要取得的一切信息，如阅读的快感，种种的期待，几乎从其他的艺术门类、从其他的传播媒介中也能够获得，甚至更为强烈和方便——读者为什么还需要文学作品呢？

由此可见，文学赖以生存的基础就这样给抽掉了，如此下去的消亡也就是必然的了。

在当代，恰恰是文学写作者自己，而绝非其他任何人，造成了文学的危机。有人说现代传播手段的发展促成了文学的萎缩，挤掉了它应有的空间——这是一种似是而非的说法，是一种夸大其辞。因为艺术本来就有各自不同的功能与空间，文学，诗意，它的创作与接受本是一种生命现象，源于生命的本质需求，说白了就是：只要有人就会有文学。如果有人想在这个越来越缺少诗意的世界上彻底消灭诗，那么至少也得先在这个世界上消灭人类自己。

可见只要人类存在一天，诗也就会存在一天，这是毋须怀疑的。这不是关于诗的什么大话，而不过是一些实在话罢了。

文学既要存在，就要独立，独立于其他的传播方式和表达方式。而现在许多人做的正好相反：不是强化这种区别，而是淡化这种区别。具体到文字，就是漠视和削弱文字感——不是在写作中走进语言的艺术，而是逐步取消语言的艺术。从文学写作发生发展的历史，从它的现状来看，可以说从来没有过的大浮躁弥漫过来了，写作活动变得急切而匆忙。它像数字时代一样追求速度，当然不会有好结果。

其实文学应该做的恰恰是要慢下来，越来越慢。这就是文学与时代的对应。笔和纸当然是这个时代的宝贵之物，它们比起冷漠的荧屏来，当是很温情的东西。写作与纸笔为友，互为襄助，这才是天经地义的事情。依我看，纸与笔较有可能让现代写作者耐住心性，并且在其中再次找到文字的那种非同一般的特异感受。

感性一点讲，真正的文学语言不是呈现颗粒状的，而是一股浓浓的热流，是非常黏稠的。文字首先要不是冰冷的颗粒，词也不要是。它们本身是有生命的，有毛茸茸的感性，有令人难以忽略的个性。只有这样的文字流，才谈得上是语言，才谈得上语言的魅力，也才谈得上文学。

作家脱离了纸与笔的温情，总是令人惋惜的。脱离了，就不能谈文学了，这样说有点耸人听闻，可是我们知道，文学这个古老的东西，最初是一个人在寂寞空间里展开的手工，这恐怕是不能否认的。

说到文学的现代性，会产生出许多伟言要义。不过再大的要义，也要首先考虑文学的生存。现代化的、数码时代的文学，要生存就要回到自己的本质。于是，对于其他艺术门类，对于一般的传播和表达方式，文学当然不是去靠近，而是要疏离。文学与它们的区别越大越好。

纸和笔比起数码输入器具，更像是文学的绿色生产方式。古老的艺术魅力无穷，比如文学。其实这不是因为别的，而仅仅因为人是魅力无穷的。

2001 年 12 月 12 日于法国里昂第三大学

梦中苦辩

在这个小小的镇子上，任何一点事情都传得飞快。新来了一个会算命的人啦，谁家生了一个古怪小孩啦，码头上的一艘外国船要卖啦，等等。所有传闻大都与我无关。

但现在传的是：镇上要打狗了。根据以往经验，我相信会有这样的事。接着又传出，打狗从今天一早就开始了——看来事情准确无疑了。

不幸的是我有一条狗，已经养了七年。我不说这七年是怎样与它相处的，也不说这狗有多么可爱，什么也不想说。消息传来时，全家人都放下手里的活儿，定定地望着我。它当时正和小猫逗玩，一转身看到了我的脸色，就一动不动了。

家里人走进屋，商量怎么办。送到亲戚家、藏起来，或者……这些方法很久以前都用过，最终还是无济于事。他们七嘴八舌地商量，差不多要吵起来了。有人说已经从镇子东边开始干了，进行到这里也不需要多久。妻子催促我:"你快想办法呀!"孩子揪住了我的衣襟。我一直在看着他们,这会儿大声喊了一句:"不!"

这声音太响了。他们安静了一会儿,互相看了看,走出去了。

整个的一天外面都吵吵嚷嚷的。我把它喊到了身边。我们等待着。

这个时刻我回忆了以前养过的几条狗。它们的性格、长相都不同,但结局是一样的。我又闻到了血的气味。

有人敲门,我站了起来。进来的是邻居,他要借东西,爱人拿给他,他走了。两个钟头之后又有人敲门,我又一次站起来。——这一回是孩子的朋友来玩……天黑了,我对家里人说:"把门关上吧!"

这个夜晚我睡不着了,总听到有人敲门。我不止一次从床上欠起身子,妻子都把我阻止了。她说这是幻觉。可我睡不着啊。

半夜里,她睡着了。就在这时候,我异常清晰地听到了重重的敲门声。我再也不信什么幻觉,立刻起来去开门。

门开了。有一个穿了紧身衣服的年轻人笑着点了点头,闪进来。他蹑手蹑脚的,背了枪,挎了刀。我明白了。我尽量平静地问:"轮到我了吗?"

"是的。"他笑一笑,将刀子放在桌上,搓了搓手。他坐下,问:"有烟吗?"

我把烟递给他。

他慢慢吸着烟,一点也没有焦急的样子。我知道他从镇子东边做起,做到这儿已经十分熟练、十分从容了。或许他本来就是个操刀为业的人。我心里为他难过。他还这么年轻,正处在人一生最美好的年纪里。我看着他。

他被看得多少有点不好意思了,揉了烟站起来说:"开始吧。它在哪?来,配合我一下⋯⋯"

他弯腰紧了紧鞋子,又在衣兜里寻找什么。

我冷静地、每一个字都很清晰地告诉他:"不用找它了。我也不会配合你。我不同意。"

他像被什么咬了一下,猛地抬起头。这回是他端量我了。他有些结巴地问:"为、为什么?"

"因为我不同意。"

"你——?"他按在桌上的手小心翼翼地抬起来,"这是镇上的规定。再说,你不同意,有什么用?"

我再不做声。我等待他的行动。这时候我觉得自己的两臂、还有拳头,都在抖动。我等着他的行动。

可他偏偏坐下来了。他说:"自己家养的东西,谁愿意杀。可没有办法,要服从公共利益。你这么大年纪了,这些道理应该明白⋯⋯"

"我不明白!我不明白一条狗活得好好的,为什么要把它杀掉。我的狗从不自己跑出这个院子，它危害了什么？它咬人吗？它从生下来就没有伤过一个人！怕传染狂犬病吗？它一直按要求打针，你看它脖子上的编号、铜牌……不过这些都来得及谈，我现在要问你的还不是这些，不是。我要问的是最最起码的一句话，只有一句。"

他惊愕地望着我，问："什么话？"

"谁有权力夺走别人的东西——比如一条裤子，谁有权力夺走它？"

他很勉强地笑了笑："谁也没有这个权力。"

我点点头："那么好。这条狗就是我的，你为什么从外面走进来，硬要把它杀掉呢？"

"这是我的工作！我是来执行规定的！"他提高了嗓门，有点像喊。

我也提高了嗓门："那么说做出这个规定的人，他们就有权力去抢掠。你在替他们抢，抢走我的东西！"

他大口地呼吸着，不知说什么才好。

"有些人口口声声维护宪法，宪法上明明规定公民的私有财产得到保护——只要承认这是我的狗，而不是野狗，那么它就该得到保护。这种权利是宪法上注明了的，因而就是神圣的……"

那人发出了尖叫："你的狗是'神圣'的？"

我不理会这种尖叫："……如果我没有记错，这个镇上已经强行杀狗十一次，几乎每隔几年就要来一次，也就是说十一次违背宪法。我怀疑他们嘴里的宪法是抄来的，是说着玩的。镇上人失去了自己的狗，难过得流泪，有些人倒觉得这种眼泪很好玩，每隔几年就让大家流一次。不，这种眼泪不流了，我要说出两个字：'宪法'！……"

一股热流在我身上涌动。我知道自己已经相当激动了。面前的年轻人盯着我，像在寻找着什么机会。他突然理直气壮地说："狗咬人，人得病，那么就是'危及他人人身安全'！"

"它危及了谁，就按法律惩罚好了！但我的狗明明谁也没有伤害。可你要杀它。原来这种冷酷的惩罚只是建立在一种假设上！一个人可能将来变为罪犯，但谁有权力现在就对他采取严厉行动？你没有行动的根据。到现在为止，我的狗还是一条好狗；它下一秒钟咬了人，下一秒钟就变成一条该受惩罚的狗。不过它现在冲进来咬了你，你倒应该多多少少谅解它一点……"

"为什么？"

"因为你要无缘无故地把它杀掉。"

"我真遇到怪事了！"他气愤地看了看表，又瞅瞅桌上的刀子。"我们几个人分开干，我负责完成这一条街。这下好了，全让你耽误了。"

我长长地吐了一口气，拍拍他的肩膀："坐下吧，小伙子，坐下来谈个重要的问题——怎么保护自己的东西、什么是自己的东西。你可不要以为我老糊涂了，连什么是自己的东西都分不清。在我们这儿，这个简单的道理早给搅乱了。比如你就能挨门挨户去杀死别人的狗，原因就是分不清什么是自己的。街道上，一天到晚都响着高音广播喇叭，吵得别人不能读书也不能睡觉。这就是夺走了别人的安静。人人都有一个安静，那个安静是每个人自己的东西。再比如……太多太多了，这些十天八天也讲不完，你还是自己去琢磨吧……"

"我不愿琢磨！"小伙子有些不耐烦地打断我的话。他白了我一眼，伸手去摸烟。他吸着烟，头垂下去，像是重新思索什么。他咕哝说："养狗有什么好？浪费粮食。镇上有关部门核算过，如果这些粮食省下来，可以办一个养猪场，大型的！"

我不知听过多少类似的算账法。我真想让小伙子把那个先生即刻请来，让我告诉他点什么！我对小伙子说："粮食是我自己的，是我劳动换来的，我认为用粮食养狗很好；你认为是一种浪费；那是看法不一致。你只能劝导我，但不能把自己的看法强加给我。还有，我可以从狗的眼睛里看出微笑，一种特别的微笑——这种微笑给我的安慰和智慧，是你那个先生用养猪场可以换取的吗？"

他不安地活动一下身子，小声说了句什么，说完就笑。

"你说什么？"

"我说精神病！"

我冷笑道："不能容忍其他生命，动不动就要屠杀，那才是丧心病狂。我刚才强调它是自己的东西，强调它不能被随意掠夺和伤害，只不过是最最起码的道理——事情其实比这个还要复杂得多、严重得多！因为什么？因为它是一个生命！"

"什么？"他又一次抬起头来。

"它是一个生命！"

他撇撇嘴巴："老鼠也是一个生命……"

"可它毕竟不是老鼠！它毕竟没有人人喊打，恰恰相反，它与人类友好相处了几千年，成为人类最忠实最可靠的伙伴。那么多人喜欢它、疼爱它，与它患难与共，这是在千百年的困苦生活中作出的抉择和判断，是在风风雨雨中洗炼出来的情感！你也是一个人，可你把这一切竟然看得一钱不值！我不明白你了，我害怕你了，小伙子！我怕的不是你的刀枪，我怕你这个人！我怎么也不明白你会面对那样的眼睛举起刀子……那是什么眼睛啊，你如果没有偏见，就会承认它是美丽无邪的。你看它的瞳仁，它的睫毛，它的眼白！我告诉你吧，没有一条狗能得到善终，你弄不明白它有多长的寿命——它其实活不了太大的年纪。

一条五六年的狗就知道什么是衰老，满面悲怆。你注意去研究它们吧，你会发现一双又一双忧郁的眼睛。它们老了，腿像木棍子一样硬，可见了人仍要把身体弯起来贴到他的腿上，就像个依恋大人的孩子。它太孤独无援了，它的路程太短暂了，它又太聪明，很快就知道关于自身的这一切，于是变得更加可怜。它心中的一切没法对人诉说，它没有语言或者没有寻找到人类可以接受的语言。它生活在我们中间，就像一个人走到了完全陌生的国度里。它多么渴望交流，为了实现一种交流不惜付出生命。它自己呆在院子里，当风尘仆仆的主人从门口进来的时候，它每一根毛发都激动得颤抖起来，欢跳着，扑到他的怀里，用舌头去温柔他，眼睛里泪花闪烁……我不说你也会想象出那个场景，因为每个人都见过。你据此就可以明白它为人类付出了多少情感，这种情感是从内心深处迸发出来的，没有一丝欺骗和虚伪。由此你又可以反省人类自己，你不得不承认人对同类的热情要少得多。你进了院子，它扑进你的怀中，你抚摸它，等待着感情的风暴慢慢平息——可相反的是它更加激动，浑身颤动得更厉害了。你刚刚离开你的家才多长时间呀？一天，甚至不过才半天，而它却在这短短的时间里孕育出如此巨大的热情。你会无动于衷吗？你会忽略它的存在吗？不会！你不知不觉就把它算作了家庭中的一个成员。所以，你看到那些突然失去了狗的人流出眼泪、全家人几天不愿言语，完全应该理解。这给一个人、一个家庭留下的创伤是无法弥合的，是永久的……"

小伙子一直用手捧着双颊，这会儿不安地活动了一下身子。

"我丝毫也没有夸大什么。我甚至不敢回想前一条狗是怎么死的。那时也是传来了打狗的消息，也像现在这样，全家人心惊肉跳。那是一条老狗，它望着我们的眼神就可以明白一切。当我们议论怎么办的时候，它自己默默地走进了厢房。厢房里放着一些劈柴，它就钻进了劈柴的空隙里。我们以为它这样藏起来很好，就每天夜里送去一点水和饭。谁知道送去的东西一点也没有见少，唤它也没有声音。我们搬开劈柴，发现它已经死了，一根柴棒插在脖圈里，它绕着柴棒转了一圈，脖圈就拧得紧紧的。它自杀了。它的眼睛还睁着。全家人吓得说不出话，怔了半天，全都哭起来。当时我的母亲还在，她拄着拐杖站在厢房里，哭得让人心碎。你想一个白发老婆婆拉扯着这么多儿女，还有一个多灾多难的丈夫——我停一会儿再讲他的事情——她一生的眼泪还没有流完吗？她哭着，全家人更加难过。母亲的哭声做儿女的不能听，如果听了，就一辈子也忘不掉。我们把老人扶走，可她不，她让我们把狗抬到一个地方，亲眼看着把它埋掉了。第二天杀狗的一些人来了，到处找它。领头的说：'还飞了它不成？'我告诉他：

'真的飞了，它算逃出这个镇子了！'那个人哼一声说：'它除非再不回来！'我说：'放心吧，它再也不会回这个伟大的镇子了！'……这以后多少年过去了，我们再没有养过狗。我们差不多发誓永不养狗！可是后来，后来——真不该有这个后来——我的小儿子从外面捡回一个小花狗，疼爱得了不得。我看它，它也看我，扬着通红的小鼻孔。我狠狠心，决定只养两个星期就送走。两个星期到了，儿子死也不干，接着全家人都心软了。它就是我们现在这条狗。那时多么轻率！我当时想，毕竟不是过去了，又不是'备战备荒'的年头，或许再也不会发生那样的事了。我太无知！我把事情看得太简单了……"

我讲到这儿，面前闪动着那一双不愿闭合的眼睛，心头一阵阵痛楚。我不得不去桌上取烟。我拿起一支烟，发现自己的手在抖。小伙子用打火机给我点着了烟，这时问了句："老同志，我想问一问，您是做什么工作的？"

我回答他："教师。不过早就离休了……"

小伙子若有所思地点着头："嗯，教师，教师……"

我重重地吸一口烟，又吐出来："我是个教师。不过我没有在本镇教书，所以你不是我的学生。在东边那个镇子上，像你这么大的小伙子，有不少都是我教出来的……愿意听听那个镇子的事情吗？那好，你听着。怎么说呢？一开头就赞扬那个镇子吗？我不能，因为我们这个镇子的人可没有轻易赞扬别人的习惯，我也是一样；更重要的，是那个镇子确实也有很多毛病，有的甚至极端恶劣。不过我接下去要说的是其他的方面，是他们与其他生命相处的方法和情形。因为咱俩眼下讨论的正是这个问题。我要告诉你，那个镇子上几乎没有多少裸露的泥土——到处是草地、庄稼和森林。各种鸟儿很多。它们差不多全不怕人。我早晨到学校去，一路上不知有多少鸽子飞到肩上。如果时间充裕，我常停下来与路边水湾里的天鹅玩一会儿。我对野鸭子招招手，它们就游过来。我不止一次用手去抚摸野鸭子的脊背，去摸翅膀上那几道紫羽，感受热乎乎滑腻腻的奇妙滋味。它和天鹅、还有鸽子，眼睛都各不相同，却是同样可爱。它们用专注的神情盯着你，让你多多少少有些不好意思。离开它们，我一整天的心情都比较愉快。它们安然的姿态影响了我，使我也变得和颜悦色。这就是那个镇子的情况。如果你不怀疑这一切都是真实的话，你会怎么想呢？

"回头再看看我们这儿吧！没有多少树和草，没有野鸭子和天鹅，如果从哪儿飞来一只鸟，见了人就惶恐地逃掉。鸽子也怕人，所有的动物都无一例外地要躲避我们。我真为这个羞耻。我仿佛听到动物们一边逃奔一边互相警告，'快离开他们，虽然他们也是人，但他们喜欢杀戮，他们除了自己以外不容忍任何其他生命！'它们没命地奔逃，因为一切结论都付出了血的代价。无数远方的动物，比如一只美丽的天鹅在这儿落脚，只停留一个小时就会被镇上人用枪杀掉；一群野鸭子莽莽撞撞地飞到河边游玩，只半天功夫就会被如数围歼，吃到肚子里去了。实际情形就是这样。尽管我们要挖空心思做一番事业，但我想，如果连一些动物都对我们不屑一顾，对我们从心底里感到厌恶和惧怕的话，那我们是不会有希望的。对野生动物这样残酷，野生动物可以躲开；于是我们的目光就转向家庭饲养的动物，对温驯的狗下手了。我相信这是一部分人血液里流动的嗜好，很难改变。事实也是如此。如果我没有想错的话，那么下一步轮到的很可能是一些更小更可怜的家养动物，比如猫和鸽子。这些行为会一再重复，因为它源于顽劣的天性，残酷愚昧，胆怯猥琐，在阴暗的角落里咬牙切齿。这些人作为一种生命，怎么会去宽容其他生命?!他们憎恨和惧怕一切生机勃勃的东西，砍伐树木，连小草也不让生存。我不止一次看到一些人走上街头搞卫生，第一件事就是蹲下来拔小草。绿色很快没有了，留下来的是肮脏的脚印。当然，镇子上也有人种草植树，正像有人热爱动物一样；但严重的问题是树和草越来越少，动物或者远离了我们，或者被大批大批地杀掉。

"对其他生命不宽容，对自己也是一样。我这里不想去复述镇子上的几次械斗，点到为止，你心里完全清楚。算了吧，不说这些了……但我不得不跟你讲讲我的父亲——我曾说过要讲那个多灾多难的人。我相信你不会怀疑这是真的。我要说的是他生活在这样的情形中，有这样的结局是多么自然；而一些人在今天的行为，与昨天的如出一辙；这二者之间究竟有一条什么线在连结着——我由一些不该杀戮的其他生命想到了一个生命，想到了这个生命与我的关系，他对我的至关重要，他留给我的疤痕，他流动在我身上的血液……他死的时候满头白发，而我如今也满头白发了——我想说，我并不一定安然自如地走完我生命的里程，正像我的父亲到了暮年还遭到意外一样。小伙子，我羡慕你的年轻，可也忧虑你的岁月。因为生活的道路比你想象的坎坷万倍，你手中的刀子也许很容易就刺得自己遍体鳞伤……不说这些。我还说我的父亲，说说他吧。他七十多岁了，行动不便，但头脑也还清晰。他对于镇子一片忠心。他看到什么不利的地方，就要说上两句。有一次他议论起新修的一条马路，指出这条柏油路耗资巨大，但却效益不好。他有理有据，虽然尖锐无比，可是态度和蔼。谁知道这就惹火了镇上的一些人。开始他们寻茬儿让他进了一个什么学习班，后来又说他在学习班上态度不好，就把他转到了一个农场——就是我们镇子的明星农场。父亲那么大年纪了怎么能种地？我和母亲去找了管事的人，他们说已经照顾他了，让他做农场的饲养员。我去看过他一次，见他弓着腰给猪搅拌饲料，饲料里有拇指大的一块地瓜，他抓出来就吃……我偷偷地哭了，没有让父亲看见，也没有将这些告诉母亲。又过了半年，父亲的罪行不知怎么又加重了，被调到了一个石墨矿去。那里更苦更累，而且劳动时有人看守。去了石墨矿的人，他的家里人不能随便探望，直到父亲死，我只见过他两次。第一次见他，我给吓了一跳：他的白发全给石墨染黑了，连牙齿上也沾了黑粉。我问他在这儿做什么？他不回答，只用包了破布的手去擦脸。最后一次见他，是他在小床上喘息的时候，我和母亲被通知去矿上探视。可母亲病了，丈夫临死她也没能见上一眼。我自己去了，路上尽管做好各种思想准备，也还是被父亲的样子吓呆了。他握住我的手，不说话。我也不说。最后，老人突然从身子底下取出一个小纸包，指了指说：'哑药！'他又指了指自己的嘴，说：'祸从口出啊……'他把哑药递给了我，我明白了。父亲本来是为自己准备的，后来见用不上了，就留给了他的儿子……我两手捧着这最后的礼物，向父亲跪下了……"

我的声音渐渐低得快要听不见了。小伙子拧着眉毛看着我，嘴角活动了几下，问："你，吃了哑药？"

"我捧着它离开了石墨矿，沿着芦青河堤往回走去。好几次我想塞进嘴里，但最后一次我抬头看到了自己的镇子，心里一热，就把那药撒到河水里去了！"

小伙子大松了一口气。

"尽管父亲的话是千真万确的真理，但我还是不想使喉咙变哑。我的镇子！我的镇子！请摸一下我这颗滚烫的心……我之所以给你讲了父亲的死，是因为我想到了有些人像潜伏病菌一样潜伏了一种仇恨，它会像流感一样突然而迅速地蔓延。眼下我又看到了这种危险。无数的狗被杀死，鲜血染红庭院，惨叫声此起彼伏——那些人是不是正期待着这种效果？这一切，又是不是他们宣泄仇恨的一种方法？我确信会是这样。宣泄的方法各种各样，但确定无疑的是每一次宣泄都留下了巨大灾难。我忘不了有一年春天的所谓'垦荒'——毫无必要地将镇子北面的树林毁掉！那片林子茂盛得可爱，当时槐树正开满了银色的槐花，引来了全世界的蜜蜂；蓉花树刚长出粉茸茸的叶子，柳棵爆开小绒球，灰暗的枯草里挺起红的紫的鲜花。它们好不容易告别了冬天，又要在挥动的镢头下呻吟。我亲眼见到有些人狠狠地刨倒了一棵开满鲜花的槐树，双脚把花朵踩到土里时的那种微笑，那是掩饰不住的快感。连续五天的围垦，树林没有了，留下来的是一片焦土。他们疲惫地走了，头也不回。这片垦出的沙土至今没有种什么东西，只是冬天里旋着沙丘，那沙末在空中转着，像是树木的魂灵。就是这样，你怎么来解释这种种举动呢？你能说这不是另一种宣泄的途径吗？

"我更不明白的是，街道上有多少刻不容缓的事情需要去做，他们恰恰对这一切视而不见。垃圾成堆，苍蝇一球一球在那儿滚动，捡垃圾的老人用赤裸的双手去抢一堆碎玻璃。又破又响的汽车轰隆轰隆地跑在街上，让人白天晚上不得安宁，冒出的油烟半天也散不开。在窄巴巴的街道上，常常有几个贼眉鼠眼的人窜来窜去，总有人被掏兜、被欺侮。妇女和老人丢了东西就哭，一个乡下来的小姑娘被几个歹徒拖到了防空洞里。没有腿和手的人在街上行乞，垫着小板凳一挪一挪往前走。各种宣传车来来往往，无数大喇叭吵翻了天，野蛮无理地强行掠夺你的宁静。为什么要这样？有什么权力要这样？不知道。你放眼往南望，你望到了那一溜儿黑影吗？那就是南山，是我们这儿唯一的山区。那儿没有水，没有柴草，也没有多少粮食。那儿的人衣衫褴褛，一代一代都面黄肌瘦。因为没有可以燃烧的东西，就往灶坑里填地瓜干，锅里煮的还是地瓜干。你可以想见那里的生活。你知道那里有多少事情需要立刻去做。可惜这些一年一年延续下来，没有多少变化；而与此同时，有人却毫不含糊地强令杀了十一次狗……"

小伙子的眼睛转向了窗子，望着很远的地方。他听到这里，认真地插话说："我不是反对你的意见；不过我想到了两件事儿。一是你把我们这儿说得太吓人了；二是山区里的人那么苦，为什么不把养狗的费用使到他们身上？难道这些狗比那些人还重要吗？"

这都是直接的意见，然而十分尖锐。我不由得握住了小伙子的手，我感谢他终于开始和我一起思考起如此严肃的问题了。我不知怎么回答他这两个简单极了也是复杂极了的问题。我说："你问得好，我没法回避。让我试试吧。先说第一个问题。你认为这地方被我说得太吓人，但你没说我编造了什么，这就好。当然，我们这儿还有一万条值得赞扬的，这也是事实。而我要说的，是那些刻不容缓地需要根除的方面，这一切只要存在一天，我就有理由用手指去指出来。但愿你不要真的被吓住，而是变得更勇敢。我在指出这一切的时候，有时会手指抖动，但那不是为了吓你，而是一个老人真诚的激动。再说说第二个问题吧，它更难以辩解。首先我想说，饲养狗是人类的一种需要，这种需要看起来似乎可有可无，但你只要看一看镇上人在这方面的经历，看一看最困难的山区还有很多人养狗，就会否定那种看法。镇子上十一次对狗进行围剿，无数人流下了眼泪，受到了很大的挫伤，发誓再不养狗。可奇怪极了的是，大家像我一样发誓，如今也像我一样地违背了誓言。看来这是没有办法的事，是一个生命最深层的一种渴望，必须去满足。至于这种渴望到底反映了什么，我还说不清。

我朦朦胧胧觉得，一种生命需要另一种生命的安慰，他们必须在这种无形的交流中获得某种灵感。在通向永恒的路上，也许真的需要它来陪伴。这个谁也讲不清，你默默地用心灵去感觉，也就知道了。所以从这个意义上讲，你那种切近的功利换算的方式就无助于理解这个问题，二者没有任何可以沟通的。这是一方面，另一方面，我想说对待困苦和艰难勇往直前的，究竟是世界上的哪一种人，是些什么人，这种人到底有什么样的素质。那些坚决主张杀狗的人当然不是为了节俭，他们恰恰在情感上是极其吝啬的一种人。而对于自然界的各种生灵倍感亲切，每时每刻都试图去理解和接近的人，他们才对苦难特别敏感，也最愿意为消除那些痛苦贡献出自己的一切。勇敢的人从来都不是冷酷的人，你可以在生活中找到无数的例子。"

他倾听着，眨动着眼睛，不知是否真的理解了我的话？当我停顿下来的时候，他就将头埋下去。看来他已经准备再听一听，他由厌烦这种谈话转为渐渐习惯和可以容忍，又变为希望去接受……但我这会儿也想听听他的了。我问："这次打狗进行得顺利吗？已经完成了多少？"

他像困倦一样揉着眼睛，把头扭向一边。停了一会儿他转过脸来，抿了抿嘴角说：

"大约进行到一半以上了。这次比过去困难。把狗藏起来的太多。有的狗冲出来，疯了一样。我们有枪，可怕伤了人。狗冲到小巷子里，急得乱跳。我们堵上巷口，用枪扫，有的中了弹还迎着我们反冲过来。天哪，真可怕，它们一边流血一边跑。好多狗跑出镇子，往南，往山里跑。我们联合起来堵截。有一次围住一个山包，往前缩小圈子，一抬头，看见几百只狗昂着头站在山坡上。它们一起看我们，这一回没有一只跑掉，也不逃，我们吓得不轻。后来当然开了枪，几百只狗叫成一片，有的腾到半空，像给打飞了一样。那面山坡都给染红了……"

我们都沉默了。

我像被什么烧灼着，心上一阵阵刺痛。我说："真不简单，小伙子，真不简单。在你这儿，一切需要暴力、需要用强制手段去对付的方面，都干干脆脆地做了；一切需要胸怀、需要眼光、需要高瞻远瞩才能办到的事情，都搞得一塌糊涂……"我差不多要碰到小伙子的脸了，声音大得有些吓人："你能否认这是一场屠杀吗？你没法否认！崭新的屠杀，就发生在这里！可是，一切就这样过去了吗？没有！不会这么便宜。一种反击正在悄悄地开始，只要你好好睁大眼睛就会看到。你到医院，你看看有多少人在排队治病，他们横一行竖一行，人山人海，天天如此；你再看看手术台上有多少人在流血，看看病床上有多少人在死命地绞拧。不治之症越来越多，肿瘤医院天天满员，今天一个好友死于肝癌，明天一个熟人因肠癌开刀；我的一个学生前不久还给我送来一盆花，昨天听说他已经查出了肺癌。无数的人患上了肝炎，验血的、做 B 超的要提前一个星期预约。屠杀吧！与大自然的一切生命对抗吧，仇视它们吧！这一切的后果只能是更为可怕的报复！不要胆怯，不要逃遁，来收获自己种植的果子吧！最近，那些热衷于种种屠杀的人据说又有了一个愚蠢之极的可笑举动：阖家迁到镇子北边的小河滩上居住！他们把大街上的树伐光了，堆满了垃圾，如今又要逃了！他们就忘了南风一吹，街心的毒气照样吹到河滩上去，忘了他们身上已经积满了毒素！他们假使逃掉了惩罚，他们的儿孙呢？他们一手糟蹋了我们的镇子，如今倒想一逃了之！可惜这绝对办不到，大自然不会放过他们！凶狠残酷地对待生活、对待自然，必遭报应！你听说这样一个故事了吧？一个人无法战胜他的仇人，最后就在身上缚满了炸药，紧紧地抓住了仇人，然后拉响了导火索！人类身后此刻就紧紧跟随着这样的一个自然巨人，他的身上缚满了炸药。我们跑吧，跑吧，躲避着他要命的手掌……真的，我总觉得大自然与人类决战的时刻就要来到了！……"

我说着，说着，不知何时流下了滚烫的泪水。泪水流下脸颊，又流进密密的胡须。

我看到小伙子站起来，眼睛里也有两汪泪水。他看着我，木木地站着。他的身体突然像秫秸一样疲软，两手抖着，肩上的枪一下子掉在地上……他感激地点了点头，转过了身子。他推开了门，跨了出去。

我捡起了地上的枪，追出门去。

"小伙子！你的枪！枪！……"

我大声地呼喊。他没有回应。我再一次呼喊。

有人在摇动我的肩膀。我猛地睁大了眼睛，看到了身穿睡衣的妻子。她用手来擦我的泪水，说："你梦中喊得好响。你哭了。我听了都有点害怕……"

我一下坐起来。我说："我总算把杀狗的人劝阻住了，他刚刚走。"

妻子苦笑着："这是一个梦。你一直在睡觉。"

是的。一夜的辩解，没有目标的辩解！我推开了被子，走下来……太阳从窗棂射进，彤红彤红。我不知怎么急于到院子里看看我的狗——我相信它这个夜晚会像我一样睡得很糟。它的温暖的小窝就垒在院子的一角，是我的杰作。我向它小心地走去。我惯于在它清晨睡熟时去逗弄它一下……我走过去，低下头去看它。我身上抖了一下——这是真的吗？

它闭着眼睛，眼前是一汪凝住了的血。它昨夜被人杀掉了！刀痕在脖子上，刀子插得很深、很准……屋子里，爱人和孩子在说笑，他们在笑我夜里说梦话……我的眼泪夜间流过了，因此这会儿没有再流。我轻轻地把它托起来，像托一个孩子。我小声对它说："我对不起你。我没能保护你。我现在才明白，原来这一次已经不需要通知，也不需要辩解了……"

美妙雨夜

　　在七月快要结束的这个夜晚，我怎么也不能入睡。天有些闷热，汗水正悄悄地浸湿我的蓝色条杠背心。窗户敞开着，可是没有一丝风。这个夜晚出奇地安静。我在床上翻着身子，小床不断地呻吟。隔壁没有一点声息，爸爸妈妈都熟睡过去了。

　　一个人久久不能入睡而又渴望入睡，那会是多么烦躁。一阵阵热浪从身体内部涌出来，与周围的热气融汇到一起。屋内屋外都黑乎乎的，这夜色也因为闷热变得越来越浓、越来越沉重了。从窗户上望出去，看不到一点星光。在这安静的时刻里，我似乎期待着什么。

　　这样的夜晚本来是最容易入睡的。学校放了假，大家一拥出校门就全都无忧无虑了。白天在河滩、在田野上，有玩不尽的新把戏。我甚至偷了爸爸工作用的罗盘和望远镜，跑到很远的地方去。夜里总是很疲劳，从来不记得还会失眠。这个极其例外的夜晚好像在故意折磨我，我想天亮后遇到伙伴们，第一句话就要问他们睡得怎样。

我闭着眼睛，使呼吸变慢变匀，这样也许会出现转机。但我的脑海里总是闪过一片片田野。七月的土地是灼热的，一望无际的麦子收割了，到处是闪亮的麦茬。一个接一个的大麦秸垛子耸起来，像一些肥嫩的蘑菇。白杨树挺立在路边，油绿油绿的叶子哗哗抖动……

窗外有什么"啪嗒"响了一声。随着这响声，脑海里的一切倏地飞去。我屏住呼吸倾听。又是一声。接下去，大约每秒钟都要响一下。"下雨了"，我心里愉快地喊了一句，同时也知道了这个夜晚里久久期待的是什么。

仰躺着，默无声息地捕捉那又大又圆的雨点真让人快乐。我仿佛看到碧绿的、椭圆的小水球从高高的天空跌落，碰到地面又弹了起来。它落到麦茬地上，麦茬儿颤抖着，像丝弦一样被拨响了。它击在石板上，腾地一下反弹到高空，发出了"当"的一声脆响。

雨点异常沉着地落着，并没有像我预料的那样渐渐变急。但是空气明显地凉爽了，甚至有一阵微风从窗口吹进来。

我从床上坐了起来，穿上鞋子走到窗前。这样站了一会儿，又想走到外面去。这个姗姗来迟的雨夜不知怎么那样诱人，我真想在疏疏的长长的雨丝间走一走。

雨点仍在沉着地落下来。一个雨点打在了窗外的水桶上，发出了猝不及防的一声巨响。我似乎想到，随着这一声鸣响，午夜悄悄地从它的标界线上滑过去了。新的一天开始了。我毫不犹豫地从窗前离开，蹑手蹑脚地走到门口。

屋子外面果然清凉多了。雨点落在我的耳朵上、手上。我好几次仰起脸来，想让它落进眼睛里，试了好久都没有成功。当这雨水把头发和背心全都弄湿的时候，那又该多舒服！这个夜晚我心中像有一团火药。

我大口地呼吸着，缓缓地向前走去。到哪里去呢？记得不远处是一个打麦场，旁边有一条干涸的水沟，有一排高大的白杨。它周围就是望不到边的麦茬，太阳出来时，麦茬就闪闪发光。

雨点越来越大、越来越凉了。土地在雨滴的拍击下散发出奇怪的味道，直熏鼻孔。一种甜甜的气味在四周弥漫，我知道那是枣树被雨水洗过后发出来的。一阵浓浓的香味飘过来，我眼前立刻出现了一片迷人的红色——榕花树的无数花丝沾上了晶莹的水珠，水珠溅落下来，碎成无数的屑末。不远处的麦秸垛也送来清冽的香气，多少有点薄荷味儿。那是新的麦草的气味，是这个雨夜里最厚重最使人沉醉的。夜色隐去了一切，但我感到脚下越来越辽阔了。如果低下身子，可以模模糊糊地看到泛白的麦茬，那时麦茬间的青草也看得到；用手去抚摸热乎乎的泥土，正好会有一只蚂蚱跳起来，劲道十足地撞一下手背。田野的气息越来越浓烈了，它不知为何使人老想放开喉咙呼喊点什么。我伸手摸了一下头发，头发湿漉漉的，我终于被雨淋湿了。

我在雨中尽情地走着。如果没有夜幕遮掩，那么很多人可以看到，在平展展的田野里，正有一个少年，他满面欢欣。这个夜晚，田野与我是那样的接近。我只是走着，好像什么也没有想。无边的夜色，以及夜色里的雨丝和土地，在这一刻全属于我了。我可以奔跑，也可以像雄鹰停在空中似的一动不动。如果我伫立在那儿，就能感受到一颗心快乐地跳动。老师讲，心像一个人的拳头那么大，又像含苞待放的花朵——此刻这花瓣正颤颤地张开，沾上了透明的雨滴。

黑魆魆的白杨树就在不远处，我迎着它们走去。贴在凉凉的树皮上，把身体挺得像它一样直。这儿靠近了打麦场，麦草的清香一阵阵漫过来。树下是不久前还在不停转动的石砘子，这会儿被雨水淋得又冷又滑。我像骑一匹小马那样骑在了砘子上。

雨水的声音十分清晰。白杨叶上也响着雨水的声音。干燥的、已经便用完毕的打麦场有千万条裂纹，小小的水流就从这纹路中渗进去。微微的风贴着潮湿的泥地吹过来变得更熏人了。我的肺叶里灌满了湿润的风，这时就蹬动两脚，使石砘子缓缓地转动。

石砘子从杨树下转到打麦场中央的时候，我好像听到了一阵脚步声！后来，我看到有一个人——一个模模糊糊的影子，犹豫了一会儿，然后向这边走来。我站了起来。

那是个细细的、不太高的影子，我一眼就看出是一个姑娘。

我原以为她是伙伴当中的一位，可她开口说话的时候，我听出是完全陌生的声音。

"你一个人在这儿玩吗？"

我点点头："是的。下雨了，在这儿玩真好……"

"天热得人睡不着，我就出来了——我想让雨全身淋湿了吧！"她说着，差不多要笑出来了。

我觉得她和我差不多的年纪，或者比我更小。她是完全陌生的，我越来越肯定了。在我们这个工区里，常常有人调来调去，出现一个新的伙伴完全不是让人吃惊的事。我甚至感到，她在这个雨夜里像我一样睡不着（我想象得出她在床上翻来覆去的样子），要到外面走一走的愿望也是太合情合理了。我们真是一对自然而然的伙伴。

接下去有一分钟之久，我们都站在那儿缄口不语。但我知道她这会儿像我一样，因为在田野里意外地遇到一个人而高兴极了。夜色使我们互相望上去都朦朦胧胧的，也许这样更好吧。我想她此刻看到的会是一个比她高、比她壮，留着一头短发的男同伴。她看不到我鼻子两侧的几个雀斑，这真得感谢老天。我也在这时候端详着她。我发现她比我第一眼看到的要粗一点点，是个胖嘟嘟的姑娘。尽管有浓浓的夜色，还是遮不住那一对又大又亮的眼睛。我似乎还看到了两排长长的、向上微微翘起的睫毛。

"真想不到能遇上一个人，我原来想自己走一走，让雨淋一淋……"她首先打破了沉默。

我高兴地说："我也是这样想。真的想不到。"

她往前走去。我走在她的右边。

雨还是稀稀疏疏地落着。这雨太好了。我不相信这个夜晚雨会大起来。她不时地伸出手掌去接雨点，脚后跟常常跷起。我没有像她那样，那已经完完全全是小孩子的动作了。她走到我刚刚站立了一会儿的那棵大杨树下，伸出小巴掌去拍打它。她试图拍下叶子上的积水，可惜没有那样的力气。我教她一块儿用脚猛力去跺树干，一阵水滴哗哗地浇下来。"啊呀！哈哈……"她抱起双臂，快活地叫着。停了一会儿，她问：

"你喜欢白杨树吗？"

"喜欢……"

"我们那会儿，"她仰脸看着黑漆漆的树冠，"就是春天的时候，把白杨胡儿塞在鼻孔里……"

我想到她每个鼻孔垂下一条白杨胡儿会是什么样子，

就笑了。我问她：

"你喜欢柳树吗？"

她想了想，说："喜欢。"

她想了一想才回答，说明她是很认真的。可我回答她的白杨树时什么也没想。一阵小小的惭愧从心头掠过……我开始说柳树：

"秋天，我们到柳树林里去玩，采黄色的柳树蘑菇。"

"多好啊！"

"我们还躺在白砂子上，从树空儿里去看太阳。"

她看着我。夜色里，我觉得她在微笑。

我没有再说柳树，很想换一个话题。正这样想着时，她问了一句：

"你常常看到大海吗？"

这儿离大海只有六七里的样子，我们今夜就站在海滩平原上啊。冬天的午夜里，如果狂风怒吼起来，躺在床上也可以听到海浪的声音。大家在这个夏天每隔几天就要跳到海里一次，身上的皮肤就是被海水弄红的……我真高兴她谈到了海，我点头说：

"嗯。你呢？"

"我前几天第一次看到海。真大 —— 你不觉得奇怪吗？"

我需要想一想了。我承认从来没觉得这有什么奇怪，海嘛，本来就是大的。我回答："没有觉得奇怪。"

她点点头："是的。可能你从小就见到了海，现在早忘了当时是怎么样惊奇了。"

"可能是的……"

"我们沿着这排杨树再往前走好吗？"她商量着，和我一块儿走着。我觉得她走、说话，一切都是那么平静柔和，我想起自己平时与伙伴们吵吵嚷嚷的，多少有点不好意思。她接着还在谈海："我站在大海跟前，不知道该怎么看它才好……"

我不太明白，只好听下去。

"它太大了，可伸手又能摸得着：它是冰凉的。望也望不到边，瞧瞧，这就是海。我面对大海想了好多，我甚至想过：我一定要好好学习。"

我站住了，因为我不能同意她这样去想。我问："为什么要这样去想？"

"因为海太大了，我太小了。我这么小，如果不好好学习，不懂很多知识，我还有什么意思？我说不清，反正那会我想过这些。"

我差不多能同意她的想法了，就痛快地告诉她："你说得真好。我明白了你的意思……不过，"我突然想问问她最喜欢哪门功课，也许和我一样？我说——"你喜欢运算吧？"

她用力点点头。

我有点失望。但没等我表示出来，她又说："我更喜欢作文。作文课之前，我把笔灌满墨水……"

我兴奋地打断她的话："对。我们要用整整一页纸描写自然景物，让老师吃惊。"

她惊喜地笑着、应答着："就是啊，就是……我还有一次写鸽子的脚：'粉丹丹的小巴掌儿……'我这样写呢。"

我不得不满怀激动地告诉她——我也这样写过鸽子，几乎一字不差。天哪！我屏住了呼吸，眼睛一动不动地盯着她，竭力想看清她的脸、她的鼻子和眼睛。可惜没有光亮，这做不到。此刻我离她那样近，并且一直感到她在平静地微笑。我敢说我们这样谈到天亮，哪怕谈遍天底下的一切，结论都会一致。这真是太奇怪了，可又是真实的，是完全感觉得到的。我这样想着时，她又往前走去了。我稍后一点走着，这样就看到了她在微风中活动的有些鬈曲的长发和小肩膀。肩膀上有两条带子。她穿了背带裙子。我觉得这裙子是蓝色的。这时候，一股特别的、从未闻过的香味涌过来，它不同于榕花树的气味，也不是新鲜的麦草温吞吞的清香——我相信这是从她的长发中飘散出来的。她用手撩一下头发，向我转过脸来。我与她并肩走在洒满雨丝的田野上。

我们不知走了多久、多远。我相信很大很大一片泥土上都有了我们的脚印。在迈过那条干涸的水沟时，她歪了一下，我赶忙去扶她。她的身体那么轻盈，只借了我的一点手力就跨上了沟岸。我们都想在铺满麦草的沟边坐一会儿。这时候我们又谈了无数事情，星星、月亮、钢笔，还有小刀。她问我最喜欢什么季节。我告诉她：秋天。

"树叶哗哗落了，你还喜欢吗？"

我赶忙解释："不，我指树叶最茂盛、最绿的时候，这时候有多少果子……我最不喜欢秋冬交界的那一段日子。"

她不做声。

"不对吗？"

她声音颤颤地说："对。太对了！我就这样想……我们想的多一样啊！……"

她还告诉我她喜欢清早跑到果园去玩，喜欢额头上有一块白色花斑的牛和刚刚发胖的小猪，喜欢不刮胡子的老师，等等。一切都与我想的一样，但我没说。我已经不像一开始那么惊讶了。我只希望这个雨夜无比漫长才好。

可也就在这时候，雨停了！

我们都知道如果不是有云层遮盖，天也许会微微放亮了呢。她站起来，向我伸出了手。

"再见！"我首先说。

她用力地握了握我的手，走了。

地上的麦茬不断将水珠溅起来。我一路听着脚踏麦茬发出的"吱吱"声，往回走去。这会儿的空气已经像早晨的了，尽管天还是那么黑。就像刚刚出来时一样，我大口地呼吸着。

屋子的门虚掩着。我小心地进去，先用枕巾擦擦头发，然后躺在了床上。我相信爸爸妈妈什么也没有发现。我想朝霞和睡意很快就会一起降临，让我趁这之前的一点宝贵时间好好地想想这个夜晚吧！

只是一会儿，我就接连打起了哈欠。我记得最后想到的是：妈妈，可不要喊醒我，不要打断你儿子甜甜的梦。

这是七月里的最后一天了。夜里照例十分闷热。这座城市的七八月份永远让人诅咒。我要在这个白天乘长途汽车出差，晚上想着那拥挤的车厢就格外沮丧。早晨，当我背着旅行包走下楼梯、踏上街道时，第一个感觉就是十分清凉。再看看四周，人也很少。我觉得这一天似乎还不像想象的那么糟。

乘市内交通车到了车站，然后顺利地上了一辆待发的长途车。这辆车出奇地空，再有五分钟就要开车了，可乘客刚刚坐满一半位子。今天的车显然不会再拥挤了，我心里立刻高兴起来。

马上就要开车了，最后上来的是一位三十多岁的女同志，领了一个四岁多一点的小男孩。她上车后四下看了看，微笑着在我的邻座坐下。那是一个空着的双人长椅，她放了棕色小皮包，让孩子坐好，然后自己坐下来。她与我隔了一条半米宽的小通道。

汽车很快地穿越了市区，在郊外的田野上奔驰。清新的风从车窗吹进来，一下子拂去了那座城市带给我们的全部烦恼。公路两旁的麦子刚刚收割，新长起来的玉米苗儿和麦茬一同呆在田垄里。远远的地方，一头牛、一只羊，还有笔直傲立的树木。由于不久前刚下过一场雨，略微泛湿的土皮上又长出一层茸茸绿草。这时候早晨的薄雾还没有散尽，远方的村落迷迷离离。原野上有人在呼喊，那喊声好像隔在了一架山的后面。汽车在平坦的路上轻松行驶，早晨的风越来越凉爽。我慢慢知道这会是一次愉快的旅行。

邻座的女同志不断地伸出手，向她的孩子指点着外面的景物。她说："那是马车，那是狗……看到了吧？一只蜻蜓！"

当一轮鲜亮动人的太阳出来时，正好她一转脸看到了，就对孩子喊了一声。孩子久久地伏在了窗上。她似乎意识到刚才喊那声太响了，这时就有些不好意思地看了我一眼。

车厢内充满了朝霞的颜色。

她的一只手搭在小男孩的肩上，温和沉静地坐着。那个小男孩长得很神气，老要不安分地站起来。他的黑黑的眼睛不断地看着车里的人，把所有的人都看遍了。他的目光更多地落在我身上，那双小男子汉的眼睛流露着一丝得意和顽皮。他一边用眼瞟着我，一边小声在妈妈的耳边上说了一句什么。妈妈咬着嘴唇笑了。那句话显然是关于我的。

任何人只需一眼就可以看出小男孩是她的孩子。她的眼睛也是那么大、那么亮。她的脸庞有些红，像是有一丝永远也褪不掉的羞涩。那脸庞还给人一种火烫的、青春勃勃的感觉。她已经有一小点胖了，但这反而使她更温柔、更像个母亲了。她坐在那儿，显得那么洁净，就像我们所拥有的这个早晨一样。她穿了雪白的上衣，一条棕黄色的、做工极其讲究的裙子；一道小小的暗绿色硬塑拉链一丝不苟地拉合了，腰身和臀部显现出柔和的曲线。她的另一只手掌常要去抚摸车座扶手，那只手很小，指甲盖像小孩子的一样光亮；手指根上，有劳动留下的茧子。

"叔叔……"小男孩又在她耳边说我了，但听不清在说什么。

她不好意思地转过脸来，说："你看他多调皮。"

她的声音低低的，显然不希望更多的人听见。

我说："他很让人喜欢。我的孩子也这样闹，有时向客人做鬼脸。"

"你的孩子多大了？"

"和他差不多。"

"男孩吗？"

"男孩。"

她的手从孩子的身上拿下来，身子向我这边侧了侧。这时小男孩索性伏到她的后背上，一双眼睛专注地看着我。我差不多被小家伙盯得有点不好意思了。她握住孩子的一只手，对我说："独生子女都这样。他们什么都不怕……将来走向社会呢？也什么都不怕吗？"

我笑了。我想象不出由下一代人主持的生活会是什么样子。一个个洒脱干练的、什么也不怕的小伙子从各自的门口走出来，走上街头，不是也挺来劲的吗？我说：

"但愿他们都长成些好小伙子。"

她满意地看了看孩子，让他坐到位子上，然后又从皮包里取一个东西给他玩。她的身子完全转过来，这样谈话就方便多了。她望了望窗外，看着一棵棵闪过的树木，说："今天坐车算是舒服的。这些天给热坏了，老盼着出来，可又怕坐车。"

我点点头："那些楼房挡住了风；还有柏油路，太阳晒一天，气味很难闻……"

"我一出来就高兴，你看，一眼可以望多远。我想人要老这样才好呢。"

"人就好比植物——它栽到盆里也能活，可让它长在田里不是更好吗？"

她抬头看着我，眉毛活动了一下，说："瞧你比喻得多好！真的是这样。我想你一定喜欢到野外去玩，是吧？"

"是的，我业余时间常常走得很远，到河上钓鱼……"

"钓过大鱼吗？"

"没有，它们最大像手掌这么长。"

她高兴地说："那也好啊！我没有钓过鱼，不过那该多有意思。"

我告诉她在城市的西北方有一条小河，比较远，要坐市郊车或是骑自行车去。她叹息了一声，说要会骑自行车就好了——她不会骑车。

我说："那就坐车。我也不会骑车。"

她看了我有好几秒钟，说："真的不会？"见我点头，又像是有点替我不好意思。但只是一会儿，她又谅解地笑了。

小男孩没有声音，原来是瞌睡了，头歪在妈妈的背上。她给孩子正了正身子，把他手中的东西取下来。汽车正驶在平坦的路面上，非常平稳。她继续和我谈话，声音还是低低的。我们都谈到了这座城市近来的一些恼人的事情，谈到了新出的一些电影和几本书，还谈到了一些其他琐事。我知道了她是一个生活得十分认真的人。她说：

"当我工作中遇到不顺心的事，哪怕是很小的一件事，有时也让人很伤心——我会一下子联想到好多别的事。难道不让人失望吗？我们本来是好心好意地走到这个世界上来了，可是……"

她咬了咬嘴唇，没有说下去。我知道她的意思。"好心好意"几个字使我心头一抖——是啊，多少人在这样过生活……还有必要历数那些不快的事情吗？我全都理解，全都明白。我看着她，没有说话。好像我们相识很久了似的。

她好长时间看着自己的手掌。我也没有做声。又停了一会儿，她抬起头，望了望远处的原野，说：

"有一次我的情绪简直坏透了。我想一个人到外面走一走才好。开始我想让爱人陪陪我，后来还是自己来到了公园里。那里没有什么人，我在草地上走了一会儿。后来——每一次往往都是这样——慢慢平静下来，觉得好像也没有必要这么丧气……天很晚了，我尽快地走回家去，我想起爱人不会烧菜……"

她说到这儿笑了笑。

我感到惊讶的是好像她在说我！真的，她平静地叙说的，好像就是我的情形。我也曾多次用类似的方法去平整心中的皱褶……我看着她，没有做声。

她似乎已经意识到应该谈点更轻松的话题，这会儿想了想，说："我这人喜欢一些小动物。我们家总养点什么。现在有两只鸽子，其中一只是白的……"

我喊了一声，打断了她的话……我想说什么，但话到嘴边又咽了回去。我想告诉她这真是巧极了，我们家也有两只鸽子，并且也有一只是白的！但我没有说，我不想说。

我看着她，又看看熟睡的、夹出了一溜儿眼睫毛的美丽的男孩。她大概有三十五六岁的样子，可是没有什么皱纹。那张明朗的火热的脸庞会给一个家庭增添多少温馨。我想象着她穿了这条漂亮的、有着塑料小拉链的裙子，在那儿操持家务的样子。我们都侧着身子坐着，彼此离得很近，我差不多已经感受到她温暖的呼吸。

汽车飞速奔驰着。车窗的风大了一些，不断将绿色的窗帘扬起来。这是一段起伏的路面，车子一会儿滑下一会儿跃起，像一条轻盈的游船。车上有不少乘客倦倦地闭上了眼睛。司机的右手从方向盘上移开，在一旁的几个旋钮上活动着。一阵音乐轻轻地、像微风那样飘过来。这音乐先是纤细、轻松，渐渐又变得火一样热烈。

音乐盖过了马达的鸣唱。

我看到她的脸庞稍稍向一旁转了转，那双明亮的眼睛里，有什么在跳荡。

音乐渐渐缓慢，正一丝一丝地走向深沉和舒缓。

她的睫毛垂了下来。

我把目光转向一边，眼前的一切好像都消逝了。我仿佛一个人沉着地走着，走到了一条波涛滚动的河边。我知道这是芦青河。河边是开阔无垠的绿色平原，我在这漫无尽头的田野上走下去、走下去。有一个小黑点在遥远的地方出现了，出现了，终于看出那是一个少年。少年迎着我跑过来，满面悲怆，泪水涟涟，一下子扑到了我的怀里……我双手托起了这陌生而又熟悉的少年。

音乐停了。

她抬起了头，一直注视着我。我的两手端在胸前，好像在抱着什么……我小声说——这声音多少有点恳求的意味："他睡了，睡得多好看！能让我抱他一会儿吗？"

她的两手按在膝盖上，转脸看了看儿子，然后俯身小心地抱起来，递给我。

小家伙用小手搓了一下眼，但没有醒。我把他抱在胸前。

——在家里，我常常这样抱自己的儿子。

接下去的一段路，我就这样抱着他，一直抱到我该下车的那一站。那时车子出乎预料地停在原野上，我一怔，醒过神来，不得不把孩子交给母亲。

我背起了旅行包。她站起来。我们说了声"再见"，伸出了手。我握了握她的手。

车子又向前奔驰而去。

我目送着汽车，心头升起一丝甜甜的惆怅。车子终于看不见了，我默默地转回头来——就在这一瞬间，我脑际突然闪过了二十多年前的一个夜晚。

……那是一个美妙雨夜。

羞涩和温柔

　　不知道人们心目中的作家该有怎样的气质、怎样的形象。因为关于他们的一些想象包含了某种很浪漫的成分，是一种理想主义。我也有过类似的想象和期待。我期望作家们无比纯洁，英俊而且挺拔。他不应该有品质方面的大毛病，只有一点点属于个性化了的东西。他站立在人群中应该让凡眼一下就辨认出来，虽然他衣着朴素。

　　实际中的情形倒是另外一回事。我认识的、了解的作家不尽是那样或完全不是那样。这让我失望了吗？开始有点，后来就习惯了。有人会通达地说一句，说作家是一种职业，这个职业中必然也包括了形形色色的人。这个说法好像是成立的，但也有不好解释的地方。比如从大家都理解的"职业"的角度去看待作家，就可以商榷。

　　不是职业，又是什么？

　　源于生命和心灵的一种创造活动，一种沉思和神游，深入到一个辉煌绚丽的想象世界中去的，仅仅是一种职业吗？不，当然不够。作家是一个崇高的称号，它始终都具有超行当超职业的意味。

既然这样，那么作家们——我指那些真正的作家——就一定会有某些共通的特质，会有一种特别的印记，不管这一切存在于他身体的哪一部分。

我看到的作家有沉默的也有开朗的，有的风流倜傥，有的甚至有些猥琐。不过他们的内心世界呢？他们蕴藏起来的哪一部分呢？让我们窥视一下吧。我渐渐发现了一部分人的没有来由的羞涩。尽管岁月中的一切似乎已经从外部把这些改变了、磨光了，我还是感到了那种时时流露的羞涩。由于羞涩，又促进了一个人的自尊。

另外我还发现了温柔。不管一个人的阳刚之气多么足，他都有类似女性的温柔心地。他在以自己的薄薄身躯温暖着什么。这当然是一种爱心演化出来的，是一种天性。这种温柔有时是以相反的形式表现出来的，不过敏锐的人仍会察觉。他偶尔的暴躁与他一个时期的特别心境有关，你倒很难忘记了他的柔软心肠，他的宽容和体贴外物的悲凉心情。

这只是一种观察和体验，可能偏执得很。不过我的确看到它是存在的，因为我没有看到有什么例外的艺术家。一个艺术家甚至在脱离这些特征的同时，也在悄悄脱离他的艺术生涯。这难道还不让人深深地惊讶吗？

如果生硬地、粗暴地对待周围这个世界，就不是作家的方式。他总试图找到一种达成谅解的途径，时刻想寻找友谊。他总是感到自己孤立无援，所以他有常人难以理解的一片热情。他太热情了，总有点过分。有人不止一次告诉我，说那里有一个大作家，真大，他总是冷峻地思索着，总是在突然间指出一个真理。我总是怀疑。我觉得那是一种表演。谁不思索？咱就不思索吗？不过你的思索不要老让别人看出来才好。他离开了一个真实的人的质朴，那种行为就近乎粗暴。这哪里还像一个艺术家？

我认识一个作家，他又黑又瘦，不善言辞，动不动就脸红。可是他的文章真好极了，犀利，一针见血。有个上年纪的好朋友去看过他，背后断言说：他可能有些才华，不过不"横溢"。当然我的这位老朋友错了。那个人的确是一个才华横溢的人。我的朋友犯的是以貌取人的错误，走进了俗见。因为社会生活中有些相当固定的见解，这些见解对人的制约特别大。可惜这些见解虽然十有八九是错误的或肤浅的，但你很难挣脱它。我听过那位作家的讲演，也是在大学里。那时他的反应就敏锐了，妙语如珠，因为他进入了一个艺术境界，已经真的激动了。

我的学生时期充满了对于艺术及艺术家的误解。这大大妨碍了我的进步。等我明白过来之后，一切都晚了。我不知道内向性往往是所有艺术的特质，而是往相反的方向去理解。好的艺术家，一般都是内向的。不内向的，总是个别的，总是一个人的某个时刻。我当时的心沉不下去，幻想又多又乱，好高骛远。我还远远没有学会从劳动的角度去看问题。

一个劳动者也可以是一个好的作家。他具有真正的劳动者的精神和气质：干起活来任劳任怨，一声不吭，力求把手中的活儿干好、干得别具一格。劳动是要花费力气的，是不能偷懒的，要从一点一滴做起，并且忍受长长的孤寂。你从其中获得的快乐别人不知道，你只有自己默默咀嚼一遍。那些浪漫气十足的艺术家也要经历这些劳动的全过程——他的艺术是浪漫的，可他的劳动一点也不浪漫，他的汗水从来都不少流。

艺术可以让人热血沸腾，可以使人狂热，可是制造这种艺术的人看起来倒比较冷静。他或许抽着烟斗，用一个黑乎乎的茶杯喝茶，捏紧笔杆一画一画写下去，半天才填满一篇格子。

一个人不是无缘无故地选择了艺术。当然，他有先天的素质，俗话说他有这个天才。不过你考察起一个人的经历，发现他们往往曲折，本身就像是一部书。生活常常把他们逼进困境，让他尴尬异常。这样的生活慢慢煎熬他，把他弄成一个特别自尊、特别能忍受、特别怯懦又特别勇敢的矛盾体。看起来，他反应迟钝，有时老长时间说不出一句要害的、一语中的的话来。其实这只是一方面。这是表示他的联想能力强，一瞬间想起了很多与眼前的题目有关的事物，他需要在头脑深处飞快地选择和权衡。这差不多成了习惯。所以从外部看上去，就有点像反应迟钝。而那些反应敏捷的人，往往只有一副简单的头脑，蛇走一条线，不会联想，不够丰富，遇到一个问号，答案脱口而出。他是一个机敏的人，也是一个机械的人。

考察一个人究竟怎样渐渐趋于内向是特别有意思的。有的原因很简单，还有些好笑。但不管怎样，也还是值得研究。这其中当然有遗传的因素，不过也有其他的原因。

我发现一个人在逆境中可以变得沉默寡言，可以变得深邃。外界的不可抗拒的压力使他不断地向内收缩，结果把一切都缩到了内心世界中去。而一般人就不是这样，他可以放松地将其溢在外表。一般人是无所顾忌的，一张口就是明白通畅的语言，像他的经历一样直爽。另外一种人就不是了，他要时刻准备应付挑剔和斥责——即便这些挑剔和斥责不存在了的时候，他仍要提防。这成了一种习惯。他哪怕说出的是明白无误的真理，也觉得会随时受到有力的诘难而不断地张望。好像他是个涉世不深的少年，像个少年一样怕羞，小心翼翼。他一点也不像个经多见广的人。

内向的人有时不善于做一呼百应的工作。他特别适合放到一个独立完成工作的岗位上，特别适合做个自由职业者。当然，他的世界同样是阔大的，不过不在外部，而只限定在内部。你看，这一切特征不是正好属于一个艺术家吗？所以我说我一开始不理解艺术，主要是因为我不理解艺术家。

也有超出这种现象的，那就是一个人在经过长久的修养、漫长的生活之路以后，也可以极有力地克服掉一些心理障碍，回到一般人的外部状态。他可以强力地抑制掉一些不利于他面向外部生活的部分，坚强起来洒脱起来。如果到了这一阶段，那就要重新去看了。你会发现遇到了生活中一个真正的超人，一个强有力的人物，他可能是一个社会活动家，一个群众公认的领袖和智者。

不过即便在这个时候，你如果细心观察，仍可以看到他的强硬外表遮掩下的一丝羞怯，看到他的悲天悯人的心怀。没有办法，他走进了一个世界，一生都努力走出来，结果一生也做不到。这就是艺术的魔力，是血统也是命。你必须从客观世界强加给一个人的屈辱和不幸、从人类生活当中的不公平去开始理解一个人。那会是最有用的、最实在的……

理解了作者再去理解作品，那就容易多了。你到最后总会弄明白，一部作品为什么可以写成这样而不写成那样，你会弄明白它的晦涩和繁琐来自哪里。一般讲一个作家的全部作品，包括他的书信和论文，所有的文字，都表现出惊人的一致性。他的作品构筑成一个无比宏大的世界，你走进去，才会发现它有无限的曲折。那是他的思想和情感挡起的屏障。他充满了自身矛盾，他的一致性之中恰恰也表现了这种矛盾。

读作品一目十行，那等于白费工夫。因为你想捕捉一个人思维的痕迹，进入他的想象的空间，所以不可能那么轻松。它甚至一开始让你觉得不知所云，觉得烦腻。这些文字往往不是明快畅晓的，而是处处表现了一种小心翼翼的回避，使你一次次地糊涂起来。

他会多情地谈论他所感到的、看到的一切，所以他不可能一掠而过地跳进你所需要的情节。他对所有事物都细心地观察过了、揣摩过了，情感介入很深。他的叙述细致入微。这与一般的不简洁不凝练毫不相干。你初读它会感到不能忍受，但总会忍受下来。

他因为要回避很多东西，所以你在阅读中常常觉得不能尽兴。其中当然也包含了禁忌。他不乐于谈论事物的有些方面，起码是不愿以别人惯用的口吻和方式。作品中一再地表现出一种吞吞吐吐、欲言又止的意味，这就是回避的结果。这种回避的价值，就是展示了一个人的内心世界，体现了一种独特的性格魅力。他的拘谨是显而易见的，他丝毫也不打算遮掩这一点。他的全部作品，不论哪一章哪一节有多么泼辣，总体上看也还是像作家本人一样。这里面没有矫情，没有牵强附会，而是一个真实有力的生命的自然而然。

有些作品写得明朗而空洞，一层力量都如数地浮在了表面，有的甚至有些声嘶力竭。这样的作品不让人喜欢。因为它无论如何构不成一个艺术世界，不具有那种内向性。这是很多作品的共同特点。至于那些情节作品、故意催人泪下的作品，都常常会是粗疏的。因为它们没有隐隐的不安和娓娓道来的叙说意味，没有一种艺术的幽然色彩。

这种作品的气质恰恰与我们所理解的艺术家的气质相异。如果我们确立了一个大致的原则，我们就不会满足那种作品。带着这种有色眼镜去看作品也许是危险的、粗暴的、不近人情的，但你纵观文学史，纵观人类艺术史，就不能不承认它大致还是有益的准确的，近乎一个常识。

有一次我读了一部作品，第一遍喜欢一点，回味了一会儿才觉得有些扫兴。再读第二遍，简直有些讨厌它。我觉得它太自以为是，太肯定，太武断，什么都被它简化了疏漏了——我由这本书又自然而然地想到了作者本人，那个我素不相识的异国人。我想他是一个骄傲的人，自大的人，一个愿意先入为主的人。而他又有一定的才华，有艺术的修养，能把这些相对粗浅的东西运用艺术技能连贯起来。所以这部作品一开始也容易打动人，好接触。因为它的外壳太薄。

读作品必然想到作者。每部作品的背后都有一个面孔。

我看到，现在有才能的人太多了，而真正运用才能做出成功事业的人倒越来越少了。这好像是矛盾的。其实这又合乎情理。看上去的才能都是浮在表面的，而真正的才能总是沉在深层的。所以看上去有才能的人越来越多，就不是好兆头。

一个人只要记住了一些书本理论，并且又毫无遮拦地说出来，看上去就有条理，有才华。书本理论比起你脚踏的土壤，再复杂也是简单的。一个人被沉重的生活折腾过来折腾过去，他就不会是一个善于背诵书本的人。他的疑虑重重让你感到厌烦，但你得承认他有深度也有力量。

我认识一个博学的人。他在青年时期出口成章——人家都这样对我说。他在人多的场合具有极大的演讲能力，而且声音洪亮。可是他现在却没有多少言辞，吞吞吐吐。总之他是个相当拙讷的人，他甚至有点不好意思。我如果不是听人讲过他的历史，还会以为他从来就这样呢！看来他这些年背向着外部世界，大踏步地前进了。他进入的内心世界越广大，他看上去也就越笨拙和迟钝了。当然，他是一个作家，他的作品我十分喜欢。我亲眼见过他多么脆弱地生活着，他的脆弱与极大的名声有些不相称……他真的脆弱吗？你稍稍深入研究一下，就会发现他具有真正的勇敢。你怎么理解他？他的柔软的性情，小心翼翼的举止，这一切都是怎么变成的？他经历了什么可怕的事情？这都需要从头问起。有一点是可以肯定的，他是一个好人，一个不折不扣的好人。他热爱小动物，与植物也互通心语，显而易见，他将老成一个可爱的善良的老人。

相反，一些没有做出什么贡献、小有得手的人，在生活中倒处处表现得刚勇泼辣，好像什么都不在话下，喘气都是硬的。不用说，这是有知之前的无知，是不足为训的。生活有可能接下去教会他们什么，也许永远也教不会了。因为你还得想到人本来就该是各种各样的，想到人性中不屈从于教化和诱导的那一部分。

比较起来，这种人更少一些同情心，很难商量事情。他们装成了信心十足的样子，很少怀疑自己，生硬而且冷漠。他们欣赏指挥士兵的将军，幻想着所向披靡的机会。有时他们真的让人感到是果决而有才华的人。可惜你观察下去，就会发现他们的真面目：一个毫无创造能力的、循规蹈矩的平庸的人。那一切只是一种外部色彩，是伪装。他们远不是真切质朴的人，不愿意面对真实的客观世界——一个人对于一个世界总是微不足道的，人的迷惘和恐惧有时是必然的，不由自主的。

一个人有了复杂的阅历，才会更多地认识世界，而认识了世界，才会真正地看到自己的渺小。他怀着弱小的孤立无援的真实无误的感觉走向未来的生活，是完全正常的。所以他懂得了生命之间互相维护的重要，对一草一木，对一切的动物，都充满了爱怜之心。他常常把深深的情感寄托到周围的事物上，为一株艳丽的花，一棵挺拔的树而激动。多么好，多么值得珍惜，因为这是生命，是这个世界上最宝贵也最容易摧折的东西。他觉得自己也需要关怀和维护。他知道一个人的力量是微不足道的，所以想团结所有的人、所有的生命。

他仇视那些粗暴和残忍的东西。他知道什么是敌人，什么给人以屈辱。他自觉地站在了一个立场上。假使世界上所有的人都妥协了，只剩下了一个，那么这个人就会是他。他经历过，他爱过，他深深地知道要做些什么。只有这时候你才能看到他的满脸冷峻，看到激烈的情绪使其双手颤抖。可是谁也别想让他盲目跟从。他像一个孤儿来到了人间，衣衫上扑满了秋风。

你可以看到很多没有选择艺术的艺术家。而真正的艺术家，只一眼你就可以看到那个显眼的徽章。那就是他的多情和善良，他的内在的恬静和热烈。尽管他很可能在拣拾羊粪，放牧牛羊，可他品质上是一个诗人。他没有一行一行写下诗句，可他却带领着一群一群洁白的小羊。小羊围着他，与之紧紧相依。你跟随他走遍草原，他可以给你讲一个催人泪下的关于母亲和儿子的故事。他的脸被风吹糙了，可那也遮不住腼腆。他为什么害羞？一个过惯了辛苦、接触过无数生人的老汉为什么还要不好意思？这一类人何曾相识！

我不知见过多少这样的人。我从来都把他们视为艺术家的同类。

反过来，你也可以发现很多根本不是什么诗人的人，安然地在白纸上涂来涂去。他们精明得很，很懂得利害关系，一心想着乞来的荣誉。他们有同情心吗？是一副软心肠吗？他们真的为大自然激动过吗？他们曾经产生过怜悯吗？我永远表示怀疑。因为做不成其他事情才来涂纸，这是最无聊的。而诗人首先是个好的劳动者，他可以去做一切方式的劳动而不至厌恶。艺术家必然是勤劳的人，他生活的中心内容只有一个劳动。而那些伪艺术家一旦获得了什么，就再也不愿过多地流汗水了。他觉得劳动是下等人的事情，是耻辱。他根本不理解劳动才是永恒的诗意。

　　你大概经常遇到被繁重的劳动弄得十分瘦削的人，他们已经没有工夫说俏皮话了。这些人头上蒙着灰尘，皮肤粗黑，由于常年埋在一种事情里而显得缺少见识。他们没有时间东跑西窜，听不到什么新奇的事情。他们干起活来十分专注，尤其不是夸夸其谈的人。说起关于劳动的事情，才有些经验之谈，但用语极其朴实。他们说得缓慢而琐碎，甚至不够条理。不过你慢慢倾听下去，总会听出真正的道理。

　　好像他们已被这种劳动弄得迟钝了似的。其实他们是沿着一个方向走得太远，已经不能四下里张望了。你只要沿着他前进的方向去询问，就会发现他是这个世界上最博学的人。他的心都用在一处，他的目光都聚在一方，看上去也就有些愚蠢。当然这是地地道道的误解，因为劳动者没有愚蠢的。

　　任何劳动都连结着一个广阔的世界，一个人如果可以深刻地阐述一种劳动，那么他就阐述了整个世界。与此相反的是，有些人总想分析和描述整个世界，到头来却没有准确地道出一种事物。这真是让人警醒的事情。

　　那些活络机灵的眼睛和光亮的面庞，都是没经历长久劳动的缘故。那不是天生丽质。可是在现实生活中，人们很容易就被一种表面现象所迷惑。人们就像误解一般的劳动者一样，一次又一次地去误解艺术家。他们不理解艺术，其实首先是从不理解艺术家开始的。那些把自己的一生贡献给文学的作家们，他们正是因为长久地沉迷于一种劳动而变得少言寡语。这里虽然也不排斥另一类型的作家，但实际上的另一种类型又在哪里？他们又怎么会始终地开朗活泼、面无愧色呢？这个谜由谁来解呢？他们是心安理得的艺术家、是在自己的世界里痴迷忘返的艺术家吗？我不知道。

我太熟悉在艺术之途上走了一辈子，到后来慢慢衰老也慢慢沉静下来的可敬的老人了。他们后来已经十分坦然与和善了，真正地与世无争。他们的骨节僵硬的手还是让人感到温暖和柔软，还是那么善于安抚别人。他们没有进入尾声的怨艾和急躁，而是微笑着看待一切。这就是一个成熟的、真正的、纯洁的艺术家的结局。这难道不是像镜子一样清晰地映照着一个人生吗？这是不能掺假的。

我想，这个老人在特别年轻的时候失去了欢蹦跳跃的机会和权利，以至于深深地伤害了他。后来他成熟了，一种性格开始稳定也开始完美，生活的奥秘向他不断展示，他已经不必像个孩子那样把喜怒哀乐挂在脸上了。至于到了晚年，他早已把心中积存的各种压抑尽情地宣泄了，早已痛痛快快地驰骋过了，这时候带来的是身心的放松，是无私无欲的怡然心境。

至此我们可以对比一下不同的人接近生命终点的情景。这会非常有意思。种种差异是特别明显的。或微笑地迎接，或力不从心。有的嫉妒，有的宽容。有的愈加狂躁，有的趋于平静。一个勤劳的人知道一生能做些什么、已经做成了什么，尽了自己的职分，于是也就感到了安慰。与此相反的是掠夺和索取，是蒙骗和乞求，他最后绝对不会安宁。私欲越多越不容易满足，必然不会善罢甘休。

我们研究一个作家，过去很少从劳动的角度去进行。其实日复一日的、不间断的劳动的确可以改变一个人的秉性。只要这种劳动不是强加于人的，不是超负荷高强度的，那么它就可以使人健康。真正健康的人总是淳朴的。他给人的感觉是持重、谨慎，很能容忍。这一切特征难道不是一个好的作家也应该具备的吗？

童年对人的一生影响很大。那时候外部世界对他的刺激，常常在心灵里留下永不磨灭的痕迹。差不多所有成功的艺术家，都在童年有过曲折的经历，很早就走入了充满磨难的人生之途。这一切让他咀嚼不完。无论他将来发生了什么，无论这一段经历在他全部的生活中占据多么微小的比例，总也难以忘怀。童年真正塑造了一个人的灵魂，染上了永不褪脱的颜色。

你能从中外艺术家中举出无数例子，在此完全可以省略了。不过你不可忘记那些例子，而要从中不断思索，多少体味一下一个人在那种境况下的感觉。一个人如果念念不忘那种感觉，就会设法去安慰所有的人——他有个不大不小的误解，认为所有人都是值得爱抚和照料的。当然他也很快醒悟过来，知道不需要这样，可那种误解是深深连在童年的根上，所以他一时也摆脱不掉。

昨天的呵斥还记忆犹新，他再也不会去粗暴地对待别人，不会损伤一个无辜的人。他特别容易将心比心，推己及人，懂得体贴那些陌生的人。他动不动就会想到过去，想到他曾经耳闻目睹的场景。他往往长久地、不由自主地处于思索的状态。所以放声言说的时间也就相对减少。一旦把自己想过的东西说出来，他会觉得不及想过的广度和深度的十分之一。于是他为自己的表达能力而深感愧疚。久而久之，他倒不愿意轻易将所思所想表述出来，因为这往往歪曲和误解了自己。自尊心越来越强，任何歪曲都不能容忍。但生活总需要他公开一些什么，总需要他的表达，于是他就一再地呈现出一种羞涩不安的情状。他自觉地分担了很多人的责任，以至于属于人类的共同弱点和不幸，都可以引起他的自责。这种种奇怪的迹象，都可以从童年找到根据。所有这样的人，都具有艺术家的特质，无论他从事什么。

　　当然，也许有人虽有上述特征，却没有那样的童年。我想，那一切特征只是外部世界对一个人的童年构成刺激，反射到内部世界才形成的。也许看上去一个人的童年经历平平常常，但他自己却有永生不忘的感触。比如那些不为人知的细枝末节，比如仅仅是一个场景甚或不经意的一瞥，都有可能造成长久的后果。这些也许十分偶然地发生了，但对于有的人却极其重要。它不一定从哪一方面刺中了他，他自己清清楚楚地记住他受伤了。接下去是对伤口的悉心照料，或欣喜或恐惧或耿耿于怀。所以，我们不能仅仅从外部去查看一个人的经历。

　　有人天生就易于体察外物，比常人敏感。童年的东西，一开始就在他的心灵上被放大了。不管周围的人多么小心地爱护着一个儿童，这个儿童心中到底留下了什么映像，你还是不得而知。

　　把一种事物搞颠倒了是经常发生的。比如我们就常常把健康视为不健康，把荒谬视为真理。在艺术领域里，对于艺术家和艺术品的理解也同样是这样。庸常的作品往往更容易被认可，而博大精深的、真正有内容的东西却长久地被忽略。一部作品的背后站立着一个人，作品与人总是一致的。好作品无论有怎样激昂的章节，整个地看也还是谦逊的、不动声色的。它好像根本就没有想过被误解的尴尬，好像一个与世隔绝的人在口念手写，旁若无人。这样的作品所洋溢出的精神气质，是我深深赞许的。

有的作品尽管也曾激动过我，但那里面隐含着的粗暴成分同时也伤害了我。有人可能说它的粗暴又不是针对你的。可我要说的是，所有的粗暴都可以认为是针对我和你的。他没有理由这样，因为他是一个艺术家。他应该和善，应该充满同情。因为所有花费时间来读你的书的人，十有八九需要这些。

至于那些流露着伪善和狂妄的作品，这里就更不值一提了……从作品到人，再从人到作品，我们就是这样地分析问题，这样地寻找感觉，汇合着经验，确立着原则。

当然，我们并不轻易指出哪些算是伪作，但我们却可以经常地赞叹，向那些终其一生、为艺术倾尽心力的人表示我们由衷的景仰。我们更多的时候不发一言，可是我们内心里知道该服从什么、钦敬什么。一切都可以在默默之间去完成，让其永远伴随着我们的劳动。创作事业的甘苦得失是难以言说的，这也正好留给了不善言说的人去经营。这个工作对于他们来说，不存在什么失败。因为只要不停止，就是一种愉快，就是一种目的。

我认为要从事艺术，不如首先确立你的原则。要寻找艺术，不如先寻找为艺术的那种人生。我为什么要一再地谈论这个？因为我所看到的往往都是相反的做法，并且早已对理解艺术和传播艺术构成了危害。如果社会上一种积习太久，慢慢俗化，形成了风气，比什么都可怕。

人人都有理解和选择的自由。但是你必须说出最真实的感觉。我这里只是说了我对艺术和艺术家的理解——这都是时常袭上心头的。我觉得在我们这个世界上，那些由于各种原因忍受着创痛，维护着人类健康的人，是最为尊贵的。他们有自己的生活方式和习惯，正像他们有自己的才华和勇气一样。我们应该理解他们，并进而指出他们这种方式的意义。如果一个人总要寻找同类的话，那么我希望我和我的朋友们都能走进他们的行列。在这个队伍中，你会始终听到互相关切的问候的声音，看到彼此伸出的扶助之手。他们行动多于言辞，善于理解，也善于创造。他们更多的时间沉浸于一种创造和幻想的激动之中。由于怕打扰了别人，有时说话十分轻微，有时只是做个手势。但他们从不出卖原则，也从不放弃自尊。

归入了这一类，不一定就是个艺术家；但不归于这一类，就永远也不会是个艺术家。

独　语

这是一个没有星月的夜。于是只剩下了自己的声音……

一

只要立下决心就不会痛苦。痛苦是因为长长的犹豫和徘徊，因为软弱。聪明往往连结着渺小，冷漠又连结着怯懦。什么时候才能决定？人类只有一个理想，一个非常简单的理想。就是它才让人彻夜不眠。

摆脱，不停地摆脱，多么困难。它真的那么困难吗？

二

我听出了我的恐惧，我在发抖。硬挺着，像在极度的寒冷中极力保持一种优雅的姿态。我不愿屈服 —— 不屈服对于任何人都非常之难。因为人要生存在一个屈服的世界上。

屈服等于死亡。既然活着，就应该是好的，而死去的才开始腐败。活着，站着，才配瞥一眼玫瑰。

我忍着一声不吭。紧紧咬着牙关。谁在质问？谁在呵气似地套问？我都没有回应。一句也不应。没有什么好解释，我等于是睡着了。

他们该高兴了。其实我一刻也没有睡。我只不过记住了他的话：连眼睛也不瞥过去一下。我把留下的目光、我的神气都留给可爱的树木、猫、狗、小兔子甚至是狼和狐，留给了丁香和玫瑰。够了，看腻了笑脸与哭脸、肮脏的脸与施了脂粉的脸，也看够了被铅灰压住的街巷楼房。

三

没有多少人能理解你、读懂你。懂得你的人都在这个世界上艰难喘息。你的光辉照耀着大地，好比稀疏的星光。我因你而骄傲和自豪，一遍遍地倾听你的声音。你是人类当中产生的，所有站着的、用下肢行走的人都应当骄傲。

你对这个世界不存一丝奢望，拒绝得干干净净，自然而又彻底。你离开时只有一副背囊、一双竹筷、一只碗、一把沉沉的刀。

　　我曾经注意过你身边的人，发现她（他）是何等地美丽和健康。她的笑声啊，像脆脆的泉水。只有抵御了各种引诱的人才有这样的笑声。你背起了所有的沉重，让身边的人轻松地、放声地笑起来。

　　你警觉地看着一切走近了的人，只是不提防那些动物。你一手挽起了一只猫，给它擦去鼻涕；你为一只鸽子的死而无限悲伤。有人蹑手蹑脚地走近你，你立刻把刀子操在手中。

　　你的判断从未出错。你对人是火热的，火热到冰凉彻骨。在时兴四肢行走的一片污烂中，你永远也错不了。你的吼声就是留给四野的歌，这时刻也只有这样的歌了。这才是人的歌。

四

　　我们相聚时你只倒给我一杯啤酒，是一小杯。必须吝啬，人必须吝啬。我发现了一些格外慷慨的北方人狡猾起来无边无际。要警惕北方的豪爽。一个骗子嚷叫着两肋插刀，其结果只能是加倍地龌龊。再也没有比伪装的假豪放更可怕的了，熟悉他们历史的人知道，他们从来就不曾勇敢过，而总是超前伸出臭烘烘的舌头。

我观察过，所以我更看重那些规规矩矩的人，看重有几分冷漠或羞涩的人。我的总结不会错。

五

我也有几个学生和朋友。这部分人越来越少了。我大概是容易被指责成"好为人师"的人。我挺高兴。我一定得教给你点什么，只要你愿意。我想我能行。请不必在老师面前炫耀什么人物，我早看透了他们。不过是鬼一点，什么硬货色也没有。主要是没有心。没有心的人是劣等动物。你要做我的学生，最好先明白这个。我一定得告诉你点什么，就是说"教导教导"。如果说教师这个职业是光彩高尚的、具有深刻的道德基础的，那么我为什么就不能"好为人师"呢？我一定要带几个人，一定要在一些方面伸出我固执的手指。

我想领你走了，是的，到远方去。有人担忧极了，说这不要耽误了人家啊！这样对人、人的将来……我很镇定，不然的话就不能授业。

……我从不怕那些狂吠，就像从不在乎嫉恨的呼叫一样。我这一手是在冬季里练出来的。那些滴水成冰的日子啊。

六

在适宜的气候下，有人是善于伪装出一份纯洁的。那时让我多少敬佩着，也多少怀疑着。我爱一切洁净的人、纯粹的人，无论他们怎样执拗和毛躁。我有眼力，并懂得洁净是世界上最宝贵的东西。有人就是借助于这一点才蒙骗了我。其实他们早已做好了投诚和背叛的准备，只是我不知道他们竟走得如此之远、如此之快。原来他们从来就属于另一类。

他也许有机会在人堆里借着众声喊了几声，而后就当成了一生的资本，甚至恬不知耻地炫耀。他忘了这也是某些丑类的特征——丑类恰恰需要热辣辣的风头。他们在生活的关键时刻、特别是在寂寞无援的煎熬中，从来不会守住什么。他们只是以不同的面目出现的一伙混子。道德和正义都是非常具体的，它排列在生活中，任人巧舌如簧，就是难以回避。你不是勇敢吗？你不是一个富有原则的人吗？此时此刻你在哪里？

那种伪装太老旧，也太累。不必伪装艺术家，也不必伪装学者，更不必扮演风流情种。你只是一个胆小污浊的势利之徒。

你把背叛说成了宽容，把苟且说成了温厚，可是你用什么办法遮蔽这样一个基本事实，即任何时候都在跟风逐潮？

在以金钱为原则的时代里，至少没那么多的人再有耐心装下去了。

七

我看到过很多绝望的人。的确到了这样的一个时刻。绝望之后就是呼号——各种各样的呼号，乞求，告饶，有嬉戏唾骂，还有威胁和撒泼……连恶棍也绝望了，恶棍的绝望就是想让这个世界快些伴随自己毁灭。

我也绝望了。可是我舍不得孩子。我们都得承认自己的冒失和不可饶恕的粗暴。我们也许没有权利把一个生命引到这样的一个世界上——不是因为贫穷，而是因为寒冷。这样的环境绝不适合新的生命。我们除非长成一副铁石心肠。

我因为爱孩子，牵挂他们的岁月，所以从不敢在绝望中毁坏。人类一代一代进入了无望而漫长的接力，真得自重啊。小心翼翼地维护吧，为了骨肉，为了亲生的儿女，为了儿女的儿女。

悄藏起冷漠，赔着笑脸，向他们赞扬玫瑰；这之后是教给他们会提防、会恨。

绝望尽管是长长的、共同的，我还是仇恨那些因此而疯狂的人。咬牙切齿的人并不会恨，因为他们要舍下儿童。他们在暴力面前出乎预料地乖巧随和。他们是绝对没有原则的，因为他们要吞咽最后一口剩饭。

你只能因绝望而爱，爱一切的美和善……

八

我们只能向南，而不能向西。人和老鼠混在一起是非常危险的，人不久要染上鼠疫。我们没有那么大的兴致。这不是个赌的年头啊。

南方有山，有很多的穷人。在越来越多的蛆虫掠足了财富的时候，那么贫富也的确是一个界限、一个标志。从本质上而言，在某些时刻的确只有穷人才更可靠，才有一种品质上的纯净。藐视穷人的只能是我们的敌人。

我深深地感激你。再没有几个人敢于直接地揭示。尽管有人看上去打扮得蛮漂亮，却总是寻找机会吸吮，吸吮弱者的生命之汁。而你给予的是饲喂的乳汁，是流动着温热的最最宝贵的液体。

九

即便走向很远很远，四周也还是有人迹、有身影。那身影并不特别高大，但却是站立的。我因此而倍感欣慰，既骄傲又谦恭。我骄傲是因为走入了他们之中，寻到了同类，既有弟弟又有兄长，有二者之间的温暖和幸福。

爬着走的人多了，站着行的人就容易辨认了。我越来越相信这个时代的独特性和残酷性，相信它提供的某种方便，即指认和识别变得不再繁琐。过去要花费十年时间的，如今只要两天。对那些人的幻想和仅有的一丝好意也不存不留，心上干净利索。

我脸上过早地布满了深皱，那是因为要不断地做出笑脸，痛苦而用力。违心地折叠皮肤是最让人寒心的了。我的头发越来越疏，那是因为焦虑中扫落了。痛苦得不值一文。这一切早该结束了。人在很早以前就站立起来，重新趴下虽然不难，但又难免混淆。主人扔一块食物，赶紧仰身接住，一阵不顾羞耻地大嚼。"主人"也是趴着的，只不过像人一样穿了无袖无领的小尼龙背心。逃离这一丛的时刻早就来了，我追赶着人的身影。他在荒原上摇动。

诅咒如急雨一般响起，其间还掺着信誓旦旦。一边诅咒一边流泪，一边流泪一边寻找主人。不知从哪儿弄来一条尼龙小背心的家伙在泣哭声中转过脸来，一眼就认出了这只奇怪的动物。他发现它上肢很短，舌头很长，前额上有爬行动物才有的凸起和纹路。他心中微微一动。

派上用场的日子很多，有它焦头烂额的一天。既然归于了蛆虫一类，总要一块儿散发恶臭。不必太担心暴雨冲刷的季节：蛆虫浮起一层，顷刻冲得无影无踪。这样的天气是绝少的。神灵早已失望，绝望的神灵比绝望了的人类更为冷漠。人类绝望了还会虚无，会现代派，会颓废；而上帝的冷漠是直接的隐形敛迹。

偶尔发生点什么大快人心的事，让人间一阵兴奋，仰望上苍。他们不知道，这不过是神灵中不太成熟的几个"青年"一时心血来潮罢了，上了年纪之后是不屑于这样做的。上帝失望之后就成天抄着宽大的衣袖，打打瞌睡，或者极有节制地喝一点花酒。

决意走向远方的人只能期待同类，而丝毫也不必奢求上帝。历史上就从来如此。活着是自己的事。

十

你赞扬我的勇敢无畏，我的背负沉重。我却要悄悄等待一阵欣慰的消失，拂去一层虚荣，然后如实相告——你是我唯一可以吐露真话的人。我告诉你我还远没有那么悲壮，也谈不上勇敢和深刻，我仅仅是咬紧牙关站立着。

有人担心我因另一种虚荣而使性子，多出一些匹夫之勇。可爱的朋友，不会的。我从来就由着心性向前，不敢矫情，不敢自夸。我只是热烈地赞颂真诚和质朴。你笑眯眯地说：可有那么点儿？我说你真好，你这才是关心我。不过我真的没有。相反的我是把什么隐下了，它是仇恨中的疲惫，是过早留下的老伤。青春这东西美不胜收，可青春是一笔不经花的钱，并且还要面对昂贵吓人的物价。我警惕着，同时感谢你的提醒。我知道你只想看到一个白胡子拉碴的人使使性子。其实任何表演都不是愤怒也不是战斗。也许真正的勇气不是像一个老不正经的家伙那样，去人堆里吼几嗓子，而只是默默地离开。不吭一声。他敢守住什么，永远地守住。当然也有吼得好的，我们心里有数。如此而已。

我不止一次在黑夜独语：地火在运行……想象着一个伟大的身影，他在负载彷徨。独语就是思念，就是企盼。伟大的身影消失了，从此再也没有出现。那个时代就因为产生了那样的一个人，因此我们再不敢嘲笑那个时代。

可地火呢？他也只是一种企盼，是绝望和希望交织难分的一种独语。他太善良了，那个时刻还相信有"地火"。其实它是相当微弱的，它会运行吗？是的，他什么都明白，所以他以瘦弱之躯投上了，抱柴加薪，最后点燃了自己。

希望的火焰不是地火。它是什么？它就是希望的火焰——即想象中的火焰。然而真实的火焰有时也会存在，不过它有可能完全闪动着另一种颜色。有人可以改变它的颜色，让其散发着希望的光色。我仿佛又听到了猎鱼的号子和咚咚的鱼皮鼓。敲啊敲啊，"不在沉默中爆发，就在沉默中灭亡"。敲啊敲啊，我的目光穿越了时间的雾幕，寻找着他的身影。

他是南方人。又一个南方人。而另一些人是北方人。南方和北方——怎样区别呢？是伟大的北方还是伟大的南方呢？我再也不信那种人文地理的神话了，我只相信人心、人的历史。

地火从来都从人心里燃起。因为微弱的火种不能存放在任何地方，而只能存于人的心中。地火可以从南方的心田燃起，也可以从北方的心田燃起。成吨成吨的冰水泼下来，就为了浇灭火种。火种就是信仰，是欲燃的真理和真实。"每一个毛孔都滴着血"，那是贫民和儿童的血，是美丽的女性的血。一切都淹没在喧嚣中，一切都浸泡在沉默中。

我相信那个伟大的身影是在绝望和急躁中缓缓倒下的。从此我们就永远地失去了。翻一下短短的历史，会发现不久前有多少人因那个身躯的倒塌而欢欣，发出了阴冷的笑声。当然这些人都理所当然地被钉在了历史的耻辱柱上。那么今天呢？有人想起那个身影，是否仍然恐惧、仍然想发出那样的笑声呢？

我真的听到了蛆虫的笑声。我因愤怒和痛恨而不能抑制，不得不及时地当面告诫：你也会被钉在耻辱柱上。你的无耻和背叛正被目击。尽管仅仅是一只蛆虫，但为了慎重起见，还是要浪费人民的一颗钉子。

父女对话

(女儿：十六岁，高一，顽皮而现代；父亲：四十七岁，档案馆员，冷静而热情。母亲要在国外进修两年，父亲自觉一个人带女儿不易，责任重大。)

…………

*　　　*　　　*　　　*

女儿：老爸，你自己吃吧，我得……

父亲：不行，你坐下。你得好好吃饭。你坐下。

女儿：哎呀，烦死人了。你什么也不知道！

父亲：我什么都知道。你是奔着电视去的。总有一天我得把这电视砸了。

女儿：烦死了烦死了。你什么都不知道！

父亲：那你能不能告诉我？你急着干什么？你胡乱吃几口就……你已经多次这样了。这样身体很快会糟的……

女儿：我不听我不听，你啰唆什么！

父亲：你坐下！你给我说说，你为什么这么急？越来越急，连饭也不能好好吃，你到底怎么了……

女儿：你还有完没完？真是烦死了……

父亲：天哪，我早晚得把电视砸了。真的，我得把它砸了。

女儿：砸吧。砸了再买，再说电视哪儿都有！

父亲：我得把电视砸了。我真得把它砸了……

　　　*　　　*　　　*　　　*

父亲：孩子，今夜月亮多好！你妈妈她……想妈妈吧？

女儿：不想。

父亲：不，你故意这样说。

女儿：真的不想。想什么，她在大鼻子那儿过得肯定比我们好。

父亲：未必。外国也不是哪里都好……她现在一定在想我们。

女儿：你得了吧。外国多棒。你什么也不懂，不给你说了。

父亲：孩子，我们这会儿——这个夜晚多好——我们能不能好好说一会儿话？

女儿：什么"夜晚多好"啊……你不是说要抓紧时间学习吗？说话，你什么都不懂。好吧，说就说吧！

父亲：我不懂，不过你说的"外国"指哪一国？外国还要分三个世界呢……我也去过一些国家。

女儿：那也没用。反正外国比我们好。

父亲：我们暂时不争了。孩子，咱们已经好久没有好好说说话了，真该好好谈一谈了。我昨晚上做了一个梦，梦见我们俩坐在桌子旁，对，就是这张桌子……我们谈啊谈啊，谈得非常开心……

女儿：可笑。

父亲：我们在探讨许多问题，你问，我答；当然有时候反过来……

女儿：可笑。

父亲：孩子！别这样——请别这样！你这样会让我难过。我真难过。你是我的孩子啊，我们为什么、到底从什么时候起不能谈话了呢？你能告诉我吗？

女儿：看你这个啰唆！你要谈什么就谈吧，不过我还有要紧事儿呢。你谈吧，快谈啊——你怎么还不快谈啊！

父亲：我……已经……我在想那个梦……

女儿：你说烦不烦死人！你不谈我就走了。

父亲：……走吧！看来我们只有在梦中才能好好交谈

了。走吧，快走吧！

女儿：可笑。

　　　＊　　　＊　　　＊　　　＊

父亲：好孩子，看样子你今天很高兴——能跟爸爸说说学校里的事儿吗？

女儿：……我们班多半都去了，嘿，那个挤。说起来你也不信，连大个子男同学都没签上呢，我偏让4号签了。当时没带纸，就让他签在我的衬衣上——你看！

父亲：什么4号？这是几个什么字？

女儿：天哪！你是装傻还是真傻？全城都疯了，你还问我谁是4号——你是4号，那个小帅哥，行了吧！

父亲：我真的不知道。

女儿：……那些人根本不是对手。当然了，他们主要是堵4号。我们喊得嗓子都哑了，我们一起喊：傻×！傻×！真的，这年头到处都有傻×！嘿，你不是天天缠着要谈话吗？你怎么不说了？一声不吭，好玩……

父亲：我明白了。你是说那个把长头发染成红色的足球运动员。

女儿：那些傻×还想堵他……

父亲：你怎么能说这样的脏话？你知道自己是个女

孩吗?

女儿:满场里都这样喊,我怎么了?

父亲:那我倒要问问,满场里都是一些什么人!

女儿:不跟你争了,你什么都不懂……今晚嘛,我先好好洗个澡,然后写一篇赛场分析 ——上一篇在晚报上发表了,你看了吧?哇——酷死了!

      *   *   *   *

父亲:孩子,我想和你好好谈谈了。我觉得再也不能这样下去——你的班主任说了,她说你的功课越来越差……

女儿:什么?她跟你胡嚼什么了?你信她的?

父亲:其实她不说我也知道。你这样怎么会学好功课——你耽误的时间太多了,深夜两点以前没睡过……

女儿:你知道我有多少作业吗?

父亲:知道。可是你还搜集了那么多歌星影星的图片和歌带,这要浪费多少时间。

女儿:图片、歌带,哼,我还是全班最少的呢!有些是我借同学的,还要给人家——摊上你这样的家长真倒霉!

父亲:你说什么?

女儿:有些图片找不到了,肯定是你偷走了——你偷了没有?我还没问你呢!

父亲：你怎么能这样想爸爸？

女儿：家里只有我们两个人，你说我的东西哪去了？

父亲：我的孩子，你真让我难过……

女儿：我更难过！我丢了东西。

父亲：我的孩子！我真难过……

女儿：你这样说也没用。再这样我就要打110——我真的会打！

＊　　＊　　＊　　＊

女儿：怎么老爸，昨晚又做梦了吗？

父亲：真的做了——我睡眠不好。

女儿：又梦见我们在桌边坐着——在好好谈话？

父亲：孩子……

女儿：真可笑。

父亲：我不希望你叫我"老爸"。爸爸就是爸爸，我们这儿就是这样叫法。你是跟电视上学的——我不喜欢你这样油腔滑调。

女儿：我喜欢。你不高兴就别应声好了——我们以后干脆别说话好了。我就烦听你唠叨。

父亲：还有"哇"、"酷"、"帅哥"——我都不喜欢。我不喜欢自己的孩子去学这样的腔调。这不是我们的话。

这是港台电视剧上的。你学他们学得太快了。

女儿：你凭什么让别人像你一样？我就是我！

父亲：太对了——你应该是你！你是我的孩子，我更知道你。许多人都足球足球，歌星歌星，追着签字，你就学会了。你怕落在时髦后面。去年你还染了黄头发，是老师逼着你改过来的。这都不像我原来的孩子……

女儿：原来，原来我还吃奶呢！你就别说这个了！

父亲：是啊，你吃奶的样子还在眼前呢，可是一转眼就"哇"、"酷"，就写起了"赛场分析"——我不知道一个十几岁的女孩子能把一场足球赛分析得头头是道，做父亲的该脸红还是该自豪。我不知道。我只知道处在这种两难状态下的父亲很多。他们都很尴尬。

女儿：摊上你这样的父亲才尴尬呢！我现在一句话都不想跟你说——你听明白了！

　　　*　　　*　　　*　　　*

父亲：你吃了饭再走。不就是一场球赛吗？

女儿：你别管了——这不关你的事儿。你不是烦足球吗？

父亲：你知道我爱好体育。我一直参加运动会——从初中一直到现在。我烦的是你们的足球。

女儿：那你就更不要管了。

父亲：听着，今天不要让那个 4 号签字了。他已经因为流氓滋事被警察传过几次了。

女儿：嘻嘻，这你管不着。

父亲：我要管！因为你是我的女儿，你好好听着！

女儿：你凶什么？关你什么事了？

父亲：那你今天最好别去了。我真的不放心了……

女儿：没门！你一边去吧！

父亲：你给我站住！

女儿：你凭什么？你真烦人！你滚一边去！

父亲：我今天就要你呆在家里！

女儿：那我今天死定了！

父亲：你死不了——你呆在家里，我不让你去那个一块儿喊下流话的地方！

女儿：天哪——天哪——你关了门，你不知道球赛开始了——天哪天哪——我的妈呀——天哪！我的妈呀——

父亲：哭吧，喊吧。我今天让你呆在家里。

女儿：我要去，老爸——不，爸爸，你让我去吧，回来我们好好谈话——这样不行吗？

父亲：……

女儿：爸爸，答应我！

父亲：……

女儿：爸爸！

父亲：……你先坐下。我答应你——不过你要先听我说几句、说完。

女儿：可是你要快。

父亲：我的孩子！我一直不明白的是，我们还是不是爸爸和女儿。我们现在几乎不能真正地谈一次——我们已经没法谈话。有人听了可能不信，但在我们家这是千真万确的事实，爸爸和女儿不能交谈了……这是从什么时候开始发生的？我晚上睡不着，一直想这个，想得头疼。我就是想不出……

女儿：爸爸，求求你了，你快点说呀……

父亲：……你长成了现在这个样子，让我有点害怕了。真的孩子，我害怕了。我想得头疼，我在想因为你，我自己该负什么责任，定什么罪。

女儿：定罪？

父亲：是的。我觉得自己犯了罪，可又找不到定罪的根据——因为我已尽了全力。我多次给你讲爷爷、外祖母——他们许多人的故事；还有，只要有可能，我就领你回原籍，还有你爷爷冤案劳改、最后死去的地方……你走过了多少村子，那里穷得多可怕，那里的人多可怜！可你只说那里脏死了——你连一点怜悯都没有，一离开那里全忘了……

女儿：怜悯有什么用？

父亲：先不说有什么用。我是说你会不会像人那样去——怜悯……

女儿：这又怎么了？

父亲：你听着，我，还有你的叔叔，许多人，在那些年头里没法活下去；你的叔叔自杀过，又被抢救过来……我为什么要说这些？我的意思是，别的孩子可以长成你今天的样子，你不能，你不可以！你一定要是你自己，你没有权利长成别人的样子——大街上那些人的样子！

女儿：天哪！我怎么了啊，天哪，你还有完没完啊？都什么时候了啊！

父亲：晚了？是啊，太晚了……我在说什么？我在做白日梦！我知道，我已尽了全力。天哪，我真的无法给自己定罪……我知道，我知道现在一开门你就跑了；出了这道门，就是大风了——大街上的风……

女儿：你可算开了门！天哪——老爸拜拜——！

父亲：我的……孩子！

女儿：拜——拜！

父亲：孩子！

…………

绿色遥思

我觉得作家天生就是一些与大自然保持紧密联系的人，从小到大，一直如此。他们比起其他人来，自由而质朴，敏感得很。这一切我想都是从大自然中汲取和培植而来。所以他们能保住一腔柔情和自由的情怀。我读他们写海洋和高原、写城市和战争的作品，都明显地触摸到了那些东西。那是一种常常存在的力量，富有弹性，以柔克刚，无坚不摧。这种力量有时你还真分不清是纤细的还是粗犷的，可以用来作什么更好。我发现一个作家一旦割断了与大自然的这种联结，他也就算完了，想什么办法去补救都没有用。当然有的从事创作的人并且是很有名的人不讲究这个，我总觉得他本质上还不是一个诗人。

我反对很狭窄地去理解"大自然"这个概念。但当你的感觉与之接通的时刻，首先出现在心扉的总会是广阔的原野丛林，是未加雕饰的群山，是海洋及海岸上一望无际的灌木和野花。绿色永久地安慰着我们，我们也模模糊糊地知道：哪里树木葱茏，哪里就更有希望、就有幸福。连一些动物也汇集到那里，在其间藏身和繁衍。任何动物都不能脱离一种自然背景而独立存在，它们与大自然深深地交融铸和。也许是一种不自信、感到自己身单力薄或是什么别的，我那么珍惜关于这一切的经历和感觉，并且一生都愿意加强它、寻找它。回想那夏季夜晚的篝火、与温驯的黄狗在一起迎接露水的情景、还有深夜的谛听、到高高的白杨树上打危险的瞌睡，等等；这一切才和艺术的发条连在一起，并且从那时开始拧紧拧紧，使我有动力做出关于日月星辰的运动即时间的表述。宇宙间多么渺小的一颗微粒，它在迫不得已地游浮，但总还是感受到了万物有寿，感受到了称做"时光"的东西。

我小时候曾很有幸地生活在人口稀疏的林子里。一片杂生果林，连着无边的荒野，荒野再连着无边的海。苹果长到指甲大就可以偷吃，直吃到发红、成熟；所有的苹果都收走了，我和我的朋友却将一堆果子埋在沙土下，这样一直可以吃到冬天。各种野果自然而然地属于我们，即便涩得拉不动舌头还是喜欢。我饲养过刺猬和野兔和无数的鸟。我觉得最可爱的是拳头大小的野兔。不过它们是养不活的，即使你无微不至地照料也是枉然。所以我后来听到谁说他小时候把一只野兔养大了就觉得是吹牛。一只野兔不值多少钱，但要饲养难度极大，因而他吹嘘的可能是一件了不起的事情，青蛙身上光滑、有斑纹，很精神很美丽。我们捉来饲养；当它有些疲倦的时候，就把它放掉。刺猬是忠厚的、看不透的，我不知为什么很同情它。因为这些微小的经历，我的生活也受到了微小的影响。比如我至今不能吃青蛙做成的"田鸡"菜；一个老实的朋友窗外悬挂了两张刺猬皮，问他，他说吃了两个刺猬——我从此觉得他很不好。人不可貌取。当说到这里的时候，我明白一个人的品性可能是很脆弱的，而形成的原因极其复杂。不过这种脆弱往往和极度的要求平等、要求给予普通生命起码的尊严、特别是要求群起反对强暴以保护弱者的心理素质紧紧相联。缺少的是那种强悍，但更缺少的是被邪恶所利用的可能性。有着那样的心理状态，为人的一生将触犯很多很多东西，这点不存侥幸。

当我沉浸在这些往事里，当我试图以此来维持一份精神生活的同时，我常常感到与窗外大街上新兴的生活反差太大。如今各种欲望都涨满起来，本来就少得可怜的一点斯文被野性一扫而光。普通人被诱惑，但他们无能为力，像过去一样善良无欺，只是增添了三分焦虑。我看到他们就不想停留，不想呆在人群里。我急匆匆地奔向河边，奔向草地和树林。凉凉的风里有草药的香味，一只只鸟儿在树梢上鸣叫。蜻蜓咬在一支芦秆上，它的红色肚腹像指针一样指向我。宁静而遥远的天空就像童年一样颜色，可是它把童年隔开了。三五个灰蓝的鸽子落下来，小心地伸开粉丹丹的小脚掌。我可以看到它们光光的一丝不染的额头，看到那一对不安的红豇豆般的圆眼。我想象它们在我的手掌下，让我轻轻抚摸时所感受到的一阵阵滑润。然而它们始终远远地伫立。那种惊恐和提防一般来说是没有错的。周围一片绿色，散布在空中的花粉的气味钻进鼻孔。我一人独处，倾听着天籁，默默接受着崭新的启示。我没有力量，没有一点力量。然而唯有这里可以让我悄悄地恢复起什么。

我曾经一个人在山区里奔波过。当时我刚满十七岁。那是一段艰难的日子，当然它也教给我很多很多。极度的沮丧和失望，双脚皲裂了还要攀登，难言的痛楚和哀怨，早早来临的仇视。当我今天回忆那些的时候，总要想起几个绚丽迷人的画面，它使我久久回味，再三地咀嚼。记得我急急地顶着烈日翻山，一件背心握在手里，不知不觉钻到了山隙深处。强劲的阳光把石头照得雪亮，所有的山草都像到了最后时刻。山间无声无息，万物都在默默忍受。我一个人踢响了石子，一个人听着孤单的回声。不知脚下的路是否对，口渴难耐。我一直是瞅准最高的那座山往前走，听人说翻过它也就到了。我那时有一阵深切的忧虑和惆怅泛上来，恨不能立刻遇到一个活的伙伴，即便一只猫也好。我的心怦怦跳着。后来我从一个陡陡的砾石坡上滑下来，脚板灼热地落定在一个小山谷里。映入眼帘的是一片清澈透底的亮水，是弯到山根后面去的光滑水流。我来不及仔细端量就扑入水中，先饱饱地喝了一顿，然后在浅水处仰下来。这时我才发现，这条水流的基底由砂岩构成，表层是布满气孔的熔岩。这么多气孔，它说明了当时岩浆喷涌而出的那会儿含有大量的气体，水在上面滑过，永无尽头地涮洗，有一尾黄色的半透明的小鱼卧在熔岩上，睁着不眠的小眼。细细的石英砂浮到身上，像些富有灵性的小东西似的，给我以安慰。就是这个酷热的中午，我躺在水里，想了很多事情。我想过了一个个的亲属，他们的不同的处境、与我的关系，以及我所负有的巨大的责任。就是在这一刻我才恍然大悟："我年轻极了，简直就像熔岩上的小鱼一样稚嫩，我还有很多时间可以成长，可以往前赶路。"不久，我登上了那座山。

有一次我夜宿在山间一座孤房子里。那是没有月亮的夜晚，屋内像墨一样黑。半夜里被山风和滚石惊醒，接上再也睡不着。我想这山里该有多少奇怪的东西，它们必定都乐于在夜间活动，它们包围了我。我以前听过无数鬼怪故事，这时万分后悔耳鼓里装过那些声音。比如人们讲的黑屋子里跳动的小矮人，他从一角走出，跳到人的肚子上，牙牙学语等等。我一动不动地盯着屋角，两眼发酸，我想人们为什么要在这么荒凉的地方盖一座独屋呢？这是非常奇怪的。天亮了，山里一个人告诉我：独屋上有很多扒坟扒出的砖石木料，它是那些热闹年头盖成的。我大白天就惊慌起来，不敢走进独屋。接下去的一夜我是在野地里挨过的，背靠着一棵杨树。我一点也没有害怕，因为我周围是没有遮拦的坡地和山影，是土壤和一棵棵的树。那一夜我的心飞到了海滩平原上，回忆了我童年生活过的丛林中去。我思念着儿时的伙伴，发现他们和当时当地的灌木浆果混在一起，无法分割。一切都是一样地甘甜可口，是已经失去的昨天的滋味。当时我流下了泪水。我真想飞回到林子里，去享受一下那里熟悉的夜露。这一夜天有些凉，我的衣服差不多半湿了。这说明野地里水汽充盈，一切都是蛮好的，像海边上的一样。待太阳升起的时候，我又可以看到一座连着一座的大山了，苍苍茫茫，云雾缠绕。我因此而自豪。因为我们的那一帮谁也没有见过真正的山。我已经在山里生活了这么多天了，并且能在山野中独处一个夜晚。这作为一个经历，并不比其他经历逊色，因为我至今还记得起来。就是那个夜晚我明白了，宽阔的大地让人安怡，而人们手工搭成的东西才装满了恐惧。

　　人不能背叛友谊。我相信自己从小跟那片绿野及绿野上聪慧的生灵有了血肉般的连结，我一生都不背叛它们。它们与我为伴，与我为善，永远也不会欺辱我、歧视我。我的同类的强暴和蛮横加在了它们身上，倒使我浑身战栗。在果园居住时我们养了一条深灰色的雌狗，叫小青。我真不愿提起它的名字，大概这是第一次。它和小孩子一样有童年，有顽皮的岁月，有天真无邪的双目。后来当然它长大一些了，灰黄的毛发开始微微变蓝。它有些胖，圆乎乎的鼻子有一股不易察觉的香味散发出来。我们都确凿无疑地知道它是一个姑娘，并且随着年龄的增长有了人一样的羞涩和自尊、有了矜持。我从外祖母那里得知了给狗计算年龄的方法，即人的一个月相当于它的一年，那么小青二十岁了。我们干什么都在一块儿，差不多有相同的愉快和不愉快。它像我们一样喜欢吃水果，遇到发酸的青果也闭上一个眼睛，流出口水。它没有衣服，没有鞋子，这在我看来是极不公平的。大约是一个普通的秋天，一个丝毫没有恶兆的挺好的秋天，突然从远处传来了新的不容更变的命令：打狗。所有的狗都要打，备战备荒。战争好像即将来临，一场坚守或者撤离就在眼前，杀掉多余的东西。我当时的感觉就是这样。我完全懵了，什么也听不清。全家人都为小青胆颤心惊，有的提出送到亲戚家，有的出主意藏到丛林深处。当然这些方法都行不通。后来由母亲出面去找人商量，提出小青可否作为例外留下来，因为它在林子里。对方回答不行，没有一点变通的余地。接下去是残忍的等待。我记得清楚，是一天下午，负责打狗的人带了一个旧筐子来了，筐子里装了一根短棍和绳索，一把片子刀。我捂着耳朵跑到了林子深处。

那天深夜我才回到家里。到处没有一点声音。没有一个人睡，也没有一个人发出响动。天亮了，我想看到一点什么痕迹，什么也没有。院子里铺了一层洁净的沙子。

二十余年过去了。从那一次我明白了好多，仿佛一瞬间领悟了人世间全部的不平和残暴。从此生活中发生什么我都不会惊讶。他们硬是用暴力终止了一个挺好的生命，不允许它再呼吸。我有理由永远不停地诅咒他们，有理由做出这样的预言：残暴的人管理不好我们的生活，我一生也不会信任那些凶恶冷酷的人。如果我不这样，我就是一个背叛者。

说到这里我想起了人的苦难经历与一个人的信念的关系。不知怎么，我现在越来越警惕那些言必称苦难的人，特别是具体到自己的苦难的人。一个饱受贫困的折磨和精神摧残的人，不见得就是让人放心的人。因为我发现，一个人有过痛苦的不幸经历是极为重要的，但更为重要的是懂得珍惜这一切。你可能也亲眼目睹了这样的情景：有人也许并不缺少艰难的昨天，可是他们在生活中总是自觉不自觉地与一个地方一个时期最黑暗的势力站在一起。他们心灵的指针任何时候也不曾指向弱者，谎言和不负责任的大话一学就会。我将不断地向自己叮嘱这一点，罗列这些现象，以守住心中最神圣的那么一点东西。如果我不能，我也是一个背叛者。

我明白恶的引诱是太多太多了。比如人的一生中会碰到很多宴会，并且大多会愉快地参加。宴会很丰盛，差不多总是吃掉一半剩下一半，差不多总是以荤为主。这就有了两个问题：一是当他坐在桌边，会想到自己的亲属、还有很多认识的不认识的人，同一时刻正在嚼着简陋的难以下咽的食品吗？那么这张桌子摆这么多东西是合理的吗？或许他会转念又一想：我如果离开这张桌子，那么大多数人是不会离开的，这里那里，今天明天，无数的宴会总要不断地进行下去。而我吃掉自己的一份，起码并没有连同心中的责任一同吞咽下去，它甚至可以化为气力，去为那些贫穷的人争得什么。如果真是这样，那也可怕得很。无数这样的个人心理恰恰造成了客观上极其宽泛的残酷。它的现实是，一方面是对温饱的渴求，另一方面是酒肉的河流。第二个问题是吃荤。谁在美餐的时刻想到动物在流血、一个个生命被屠宰呢？它们活着的时候不是挺可爱的吗？它们在梳理羽毛，它们在眨动眼睛。你可能喜欢它们。然而这一切都被牙齿粉碎了。看来心中的一点怜悯还不足以抵挡口腹之欲。我与大多数人同样的伪善和虚妄。似乎无力超越。我不止一次对人说过我的预测、我的一个至关重要的判断：如果我们的文明发展得还不算太慢的话，如果还来得及，那么人类总有一天会告别餐食动物的历史；也只有到了这一天，人类才会从根本上摆脱似乎是从来不可避免的悲剧。这差不多成了一个标志、一个界限。因为人类不可能用沾满鲜血的双手去摘取宇宙间完美的果子。我对此坚信不疑。

要说的太多了。让我们还是回到生机盎然的原野上吧，回到绿色中间。那儿或者沉默或者喧哗。但总会有一种久远的强大的旋律，这是在其他地方所听不到的。自然界的大小生命一起参与弹拨一只琴，妙不可言。我相信最终还有一种矫正人心的更为深远的力量潜藏其间，那即是向善的力量。让我们感觉它、搜寻它、依靠它，一辈子也不犹疑。

想来想去，我觉得没有更多的东西可以信赖，今天如此，明天大概还是如此。一切都在变化，都在显露真形，都会余下一缕淡弱的尾音，唯有大自然给我永恒的启示。

旧时景物

　　我想，应该趁着自己头脑还算清晰，尽快把小时候那座茅屋周围的景物记下来，这很重要。我到了老年需要回忆，或者我的孩子有兴趣了解这些事物，比如我在什么地方出生，那里有些什么，都该有个准确的记录。我觉得这是生活中不可荒废的、极其有意义的事情。

　　我们的茅屋在林子里，那是草地和丛林；林子里有一位老爷爷亲手开出的一块土地，有一些果树。茅屋东边是一条不知什么时候就已经存在的水渠，南北流向，总是有水。渠道两边生满了青苔、水草，当渠水旺盛时，它们就全部蒙进水里去了；水退下，水草又像老人的胡子一样露出来。好多大鱼就在水草底下藏匿。

　　记得有一次我发明了一个崭新的捉鱼方法：把柳条篓子扣在水草上，然后像梳头发那样，用手指梳理两下水草，猛地一提篓子……水从篓子缝隙哗哗筛掉，剩下的就是活蹦乱跳的几条鱼。这多有趣。我小时候用这种办法捉了很多鱼。

渠上有父亲做成的、由我们一家行走的小木桥。它实际上是两棵死去的柳树做成的。两棵树并在一起才一尺宽，所以我们走上去就要小心翼翼。母亲说，你们小孩子不能在上面走，一不小心就会跌进渠里。她坚决拒绝我到渠的另一边去玩，因为那里是更密的杂树林子。穿过那片杂树林子需要一两个钟头，然后会看到一片开阔的草地。父亲虽不提倡我过桥，但并不阻止。实际上我的脚一沾小桥总是一溜飞跑。我想，即便是独木桥也难不住我。我甚至可以手脚并用搂抱着柳木，像一只熊那样，把身体整个挪在桥下攀过水渠。

我曾顺着水渠往北走了很远，探索过它的终点：它原来在离海十几公里处往西北方流去，汇入了芦青河。

东边的杂树林子十分诱人。就在那儿，我采到了许多野生的小香瓜，甚至是西瓜。西瓜的个头一般都长不大，比人们专门种出来的要小一点。可是偶尔也能遇到一个大西瓜，让人惊喜得跳起来。我记得摘过一个脸盆那么大的瓜，差不多都抱不动了。林子里有许多野花，除了母亲之外，没有谁能叫得上它们的名字。这些花真是各种各样。有一种叫"卷丹"的花，橘红的花瓣开在一尺多高的花茎上。有时候整整一大片林中空地上都长满了这种花。我把花折下来，扎成一大束，像持一个火把一样，高举着穿过一片又一片林子。

　　小茅屋北边是一座白色的沙岗，它的半腰沙土洁净细润，连草都不生。这样的地方玩起来是最有趣的。沙岗顶部长满了荆棘，再往下就是稀稀落落的桃树和杏树——它们都没有嫁接，是野生的，所以结出来的果子个头又小，味道又怪异。每到了杏子发红的时候，我的采摘也就达到了高潮。那时候我的牙齿好，不怕酸，一天要试吃十几种野果。

　　茅屋西边是一些高大的杨树，它们伟岸笔直，是我至今为止见过的最漂亮的杨树了。它们长得不密，每棵之间的距离大约是十几米，中间就是稀稀落落的灌木。我记得有两三棵杨树上都筑了很大的喜鹊窝；树半腰的洞则是啄木鸟、还有别的什么鸟做成的巢。我约上几个伙伴，伏在灌木丛中，当看到进出窝巢的鸟儿叼着食物，就知道里面有小鸟了。那时我们要耐心地再等些日子，估计里面的小鸟快要羽翼丰满了，就爬上去掏取，养到我们的笼子里。这些小鸟给我的童年带来了无穷的乐趣，时喜时悲的心绪。我不记得顺利地把一只鸟养成，它们不是毁于老猫就是绝食而亡……

　　那棵最高的杨树上是一个大喜鹊窝，引人神往；但我们中间没有一个人能爬那么高。后来从远处那个村子里来了一个稍大的男孩，叫永利。他脸上长满了粉刺，个子不高，大约要比我们一伙大四五岁，浑身发黑，是个最能爬树的主儿。

一天中午，他就要和我们一块儿完成一件盛事了。在那棵大杨树底下，他脱了衣服，只穿着一个短裤和一件薄薄的背心，然后就往上爬。他像青蛙那样，双腿横着两边分开，脚板夹住树干一蹭一蹭往上挪蹭。我们在下边为他叫好；后来见他爬得太高了，必须仰脸去看时，又为他捏了一把汗。他很快就接近了树冠，那时候我们才松了一口气：树冠枝杈多，他可以扳着枝杈，像蹬梯子那样往上攀了。他终于站直了身子，头部和鸟窝差不多快碰到一块儿了。他用一只眼睛去瞄窝里的情景我们想他肯定看到了一些漂亮无比的小喜鹊，因为这之前不止一次看到它们的母亲叼着食物往窝里飞；大概一会儿永利就会给我们取出一个个又跳又叫的、黑白花的小喜鹊了。

正这样想着，突然从一边的树上响起一阵粗哑的鸟叫，接着两个很大的喜鹊扑过来。我们马上想到这就是小喜鹊的父母。它们扑过去，令人吃惊地直迎着永利冲去。永利发出哎哟哎哟的声音，肯定被啄中了，他在扳着树杈往下撤。可是他必须一点一点滑下来——他的境遇特别糟糕，谁也帮不上他。那两只喜鹊竟然不顾一切地用长嘴去拧他的头发。他一手护脸，另一只手紧紧搂着树干。好不容易从树冠那儿滑下一截。可是两只喜鹊并不放松，还是嚎叫着往前扑。我发现永利的什么地方被拧破了，哀号一声，再也顾不得那许多，两手一松，像蜘蛛那样顺着树干刷地一下滑到树底。

我们赶紧围过去。他疼得仰倒在沙土上。

他的肚子上被树杈划开了又深又长的一道血口子：大约有一尺多长，通红通红，与他粗糙的、黑色的肚皮形成了鲜明的对比。我们吓得尖叫起来。他躺在那儿，闭着眼喊。我们想：他肯定会死的。

又过了一会儿他才睁开眼睛。我们扶住他。这时伤口浅的地方开始凝住了血，深的地方还在往外滴。他用背心捆上伤口，然后在我们的搀扶下一点一点往前走。

那天是母亲给他包扎了伤口，伤口上擦了许多草药做成的绿汁。

永利就这样受了伤。很久以后，直到他长得胡子很硬、有了一把年纪的时候，回忆起过去的事情，他还总是不顾周围有多少人围看，直接解了腰带，把衬衫卷起来，让大家看他肚脐上下那一道长长的、灿然发亮的伤疤。他抚摸着它，像抚摸着往事一样，脸上露出无比欣慰的神色。

茅屋南边是一片连一片的野榆树。这些榆树长得都不太大，但是很密，里面藏了一些龌龊的动物。这些动物一般既丑陋、又有着一股奇怪的气味——这是父亲无意中提到的。他说得很对。有一次我从山药架下钻出来，要到榆树林里做点什么，刚走了一会儿，就遇到了一个面色发青、小嘴很短，好像是嬉皮笑脸的一个黄色动物。它的两眼睁得很圆，眼睛当然是蓝的，可是整个面容让我恶心。它一点也不怕我，迎着我，摇着很小的头颅，分明是在取笑我。我很想拣个石块投过去，但我不敢。我不知道它的底细。因为林子里的人一直认为，不同的动物是有不同的能力的，而且一种动物往往与周围其他动物结成了特殊的关系。我那时小心地往后退了两步，然后扭身就跑。

整个榆树林留给我无数的谜。我不知道它的深处是怎样的，因为一想起它黑乎乎的样子就感到可怕，从未深入。即便是冬天树叶落了时，榆树林也显得非常神秘。风吹起来，树梢呼呼转动，发出了奇怪的声响。野物在深夜里伴着这响声一齐歌唱，它们的歌声怪诞、沙哑，像是一些不安分的老人在那里诅咒和泣哭。

这就是小时候茅屋四周的情景。那时原野上还没有很多的葡萄园，到处差不多都没经过人手整治，都是自然而然的、混乱的、有趣的、丰富的。大约到了十几岁的时候，才发生了一件很大的事情；这事儿足以改变这里的一切：荒原上发现了煤矿。

大约是在我们茅屋东边二三里远的地方，就是那片杂树林子里，有人竖起了钻探井架。那是我第一次看到轰轰转动的机器。三角皮带特别好看，它们带动两个轮子飞转，这与我跟上父亲到远处看到的风车的情景有些相似。那些转动的齿轮也许比这个有趣，但我知道它们之间的力量是没法比的。这些转动的小皮带勾起了我很多新奇的联想。我那时看着在井架上排成一串的电灯，心里也有些奇怪的感觉。电灯有的染成了绿的，有的染成了红的，像一些不同的果子。我至今不知道他们为什么要这样做。

夜晚，那井架就是一个巨大的发光铁树，高高立在原野上。这里从来没有这么高的东西，也没有这么亮的东西，引得不少人涌向了井架。从此以后，我们这片荒原上就不能安静了。野物们也远远逃离，我相信它们生来第一次见到这么可怕的东西。隆隆的机器声日夜轰响，直传到很远很远。

我喜欢看那些钻井工人把水淋淋的铁管从地上那个神秘的小洞里抽上来。他们戴着皮手套，捋去水管上的泥浆，用胶皮靴把泥浆胡乱踏平，用手抚摸那些水管，然后再拧上螺旋，一根一根接得老长，再一次往地上的小洞里插去。他们能够弄出什么来呢？我等待着。这样等了很久，才见他们把一个粗一点的铁筒拉上来，那里面才是获取之物。慢慢打开，原来是一截截光滑的、像碗口粗的、各种颜色的泥块：绿的，灰的，黄的；可总也没有黑色的煤。

为盼那个神奇的"煤",我们不知等了多久;到后来听说"煤"就要出来了!那时我们高兴地守在旁边,饭都不想吃……

钻井工人都是操异地口音的外乡人。他们下班之后就四处转悠,很快搞来了猎枪,还结了一些大大小小的渔网。他们到沟渠河里去逮鱼,在林子打猎,几乎什么机会都不放过。荒原上的人从不打黄鼠狼,这不仅因为它的肉不能吃,而且还因为那是一种很有灵性的动物。可是这些异地人从来不管这些。他们打了很多黄鼠狼,还把毛皮悬在井架旁边。当地人都十分惊恐,他们知道灾难大概不远了。

异地人把逮到的鱼晒起来,因为他们根本吃不了这么多鲜鱼。鱼被剖好、洗净,又用枝条在肚腹那儿撑开。不知晒了多少干鱼,他们把这些晒得咔咔响的干鱼装进一个帆布口袋,用麻线缝好,让来来往往的卡车捎走。

我开始嫉恨他们了。他们打到的野物太多,捕的鱼也太多。有的鱼正在生长,就被他们杀掉了。这些鱼本来还可以长成很大,可是他们从来不管这些。这是我感到特别费解的。直到后来我才多少明白一点:这或许是因为他们不是出生在这儿的人,于是也就不需要考虑那么多,也就从来不会心疼。

事情很明显,他们才不必牵挂呢。井架撤掉之后,他们又远走他乡了。接踵而来的是开掘煤矿的那些人。这一下我们这儿就更热闹了。

从此整天都可以看到一些戴着头盔、穿着胶靴和破烂衣衫的人，在原野上走来走去。他们手里都拿着一个圆圆的矿灯。这模样让我们想起了士兵。

后来平展展的原野就出现了一道道地裂，所有被开采的地方，地面就要沉落。这里沉落一块，那里沉落一块，最后又慢慢形成一片片水洼。水洼长出了芦苇和蒲荻，滋生了很多奇怪的动植物。在刚开始那几年由于雨水很大，水洼连成一体，形成了一片片水荡。蒲草结成了蒲棒，在晚风中摇成无边的一片，也很壮观。冬天，一处处水洼都结了冰，没有蒲荻之处就可以滑冰。可是天旱的时候，这些水洼接连干涸，到处就留下了深深浅浅的洼地、土梁；一些深不可测的地裂真是可怕极了、难看极了。一些树木死掉了，很多野果子树被采净了果子，也在旱天里死去了。我们的荒原变得如此贫瘠。

在离我们茅屋大约一华里的地方，开始搞起了建筑。一排排低矮的工人宿舍盖起来。接着运煤的小铁轨也铺起来了。再往东，就是水渠东岸那片生满了野瓜和卷丹花的丛林里，如今辟成了一个大煤场。煤场另一侧，紧靠渠边，搞成了一个很大的煤矸石场地。他们把采煤之前挖出来的泥巴、岩石都倾倒在这儿。矸石山上的硫化物日夜在风中燃烧，整个原野就笼罩在这般硫磺味儿里了。烟雾飘荡，每到了刮东北风时，我们的小屋里就灌满了这种烟气。

从此以后，每天上学就必须要翻过那座矸石山。要小心翼翼跨过铁轨，躲闪开来的矿车。下大雪时，整个矸石山都被覆盖了，可燃烧的烟火却有增无减。

夜晚从蒙雪的山上翻过是很危险的事情，因为所有的通路都不见了，只有闪亮的铁轨。我不得不踏着它往前走，听到呼啸而来的矿车，再飞速地躲开。没有风，只有零零散散的雪花在飘落。我走近了小茅屋，轻轻敲开屋门，一股热烘烘的、熟悉的气息扑面而来。我喊一句："妈妈！"

十几年过去了。一切面目全非……由于矿区不断扩建，这期间我们经历了不止一次搬迁，小茅屋拆掉了。再后来，我就长期离开了荒原。

但每一次归来，我都要极力辨认旧时景物。

我寻找那条水渠。它当然连痕迹也没有了。后来我几乎完全是凭借感觉，才摸到了我们的茅屋所在的方位。这儿堆满了建筑中抛弃的瓦砾，这其中大概有几片属于拆掉的茅屋。我蹲在坯块砖石中抚摸着，眼睛一阵阵潮湿。小屋拆掉了，它留下来的地基竟是如此之小，小得令人吃惊。离它不远垒起了一道高墙，高墙的一角还有一个方方的东西，像是一座地堡的模样。我走过墙角时忍不住往里望了两眼，里面黑咚咚的，什么也看不见。

有一次，一个人向我介绍那座地堡模样的建筑，说那是一个停尸房。

原来高墙里面有一所小小的矿区医院。过去的煤场已经废弃，煤井也废弃了。这是当年草率设计的结果……

我长长地叹了一口气。幸亏我们搬走了，这个停尸房离我们的茅屋可是太近了啊。

这就是我所能记起的一些景物。

那个让人害怕的高墙拐角处的地堡模样的东西，是留在记忆中最后的一个建筑了。我后来再也没有到那里去。我想远远地躲开它。几十年以后，我相信那里的一切还要变化。到那时，我或别人，就会用今天的这份记录去对照一下。

那样将会发现许多有趣的、有意义的事情。

下雨下雪

　　以前的下雨才是真正的下雨。"下雨了下雨了！"人们大声呼喊着，把衣服盖在头顶上往回跑，一颠一颠地跑，一口气跑过大片庄稼地，跑过荆条棵子，蹦蹦跳跳跨到小路上，又一直跑回家去。

　　雨越下越大，全世界都在下雨。

　　如果天黑了雨还不停，那就可怕了。风声雨声搅在一起，像一万个怪兽放声吼叫。我们这儿离海只有五六里远，奇怪的大雨让人怀疑是那片无边无际的大水倾斜了。

　　天黑以前父亲在院里奔忙。他冒雨垒土，在门前筑起一道圆圆的土坎，又疏通了排水沟。这样雨水就不易灌进屋里。半夜里漂起脸盆冲走鞋子，都是再经常不过的事情了。

　　妈妈说，我们搬到这个荒凉地方就没安生过。树林子里野物叫声吓人，它们说不定什么时候就跳出来，咬走我们的鸡、兔子。本来养了狗护门，可是好几次狗脸都让野物爪子撕破了。这个荒凉地方啊，大雨瓢泼一样，最大的时候你听，就像小孩儿哭："哇……"

是爸爸使我们来到这个荒无人烟的地方。茫茫的海滩上偶尔有采药的、到海边上拣鱼的人走过去。要穿过林子向南走很远，才看得见整齐的、大片的庄稼地，看见一个小小的村子，看见那些做活的人在雨中奔跑。

我有时并不慌慌地跑，因为白天的雨只好玩，不吓人。

让雨把浑身淋透吧，让衣服贴在身上，头发也往下淌水吧！让我做个打湿了羽毛的小鸟在林子里胡乱飞翔。雨水把林中的一切都改变了模样，让蘑菇饱胀着，伞顶儿又鼓又亮，从树腰、树根、从草丛中生出来，红红的、黄黄的。有的鸟不敢飞动了，躲在密密的叶子里；有的大鸟什么也不怕，嘎嘎大叫。我亲眼看见有一只大狐狸在雨中翘起前蹄，不知为什么东张西望。水饱饱地浇灌着土地，地上的枯枝败叶和草屑吮饱了水分，像厚厚的干饭被蒸熟了，胀了一层。小小的壳上有星的虫子在上面爬。老橡树的每一条皱纹里都流着水。咔啦啦，有棵老树在远处倒下了，我听见四周的树都哭了。地上有一大簇红花，仿佛被谁归拢在一块儿，红得发亮。

"这个孩子还不回来！"我听见妈妈在小屋里不耐烦地、焦躁地咕哝了。

其实这有什么可担心的。我又没有到海上去玩。有一次我差一点被淹死——那是大雨来临之前的一阵大风，推拥上一连串的巨浪，把我压在了下面。我飞快地划动两手往岸上逃，结果还是来不及。总之差一点淹死。当时大雨猛地下起来，一根一根抽打我。看看大海那一边的云彩吧，酱红色！多么可怕的颜色啊！

记得那一次我撒开腿往回跑，不知跌了多少跤。我朦朦胧胧觉得身后的大海涌来了，巨大的潮头把我追赶，一旦追上来，一下子就把我吞噬了。我的脸木木的，那是吓的。天上的雷落到地上，又在地上滚动，像两个穿红衣服的女人在打斗，一个撕掉了另一个的头发。轰轰的爆响就在我的脚下，我觉得裤脚都被烧得赤红。我趴在地上紧闭双眼，一动不动。我好不容易才抬起头，紧接着有个巨雷不偏不倚，正好在我的头顶炸响了……那是多么可怕的奔逃啊！

从那儿以后我知道了四周藏满了令人恐惧的东西，特别是雨天的大海。

我从林子里跑回家去，身上总是沾满树叶和绿草。妈妈一边责备，一边摘去我衣服上沾的东西。我嘴不停歇，比划着告诉雨中看到的一切。

我回到家里没有一会儿，外面就传来了青蛙的叫声。这声音密集而激烈，像催促着什么一样。天就要黑得像墨一样了。沟渠里的水满了，青蛙又高兴了。它们跳啊唱啊，在自己好玩的地方尽情地玩了。

夜里我睡不着，躺在炕上听雨和风怎样扑打后窗。到了半夜，这声音似乎又加大了。我想这世界多么可怕，你拿它一点办法也没有。这大雨多么厉害啊，树木都在大雨里哭啊，大雨用鞭子已经抽打了它一天一夜了，把它光亮的绿叶子都抽打碎了。我总担心这一夜海潮会漫上来，那时我们的小房子也会浮上来吧？

不记得什么时候醒来了——只听见父亲在吵什么。我赶紧揉揉眼爬起来，发现身上扣了个簸箕。原来半夜里房子漏雨了，妈妈给我扣上了它遮雨。我看见簸箕上溅满了泥浆。父亲挽着裤子在屋里走，弯腰收拾东西。屋里的水已经半尺深了。可外面的大雨还没有停呢！

这老天是怎么了啊！老天爷要祸害人了！大雨下了一天一夜还不够吗？还要下到什么时候？人、牲口，全都泡在水里，你就高兴吗？父亲一声连一声地骂、咕哝。

胶皮鞋子像小船一样在屋子中间漂游。

我跳下来，一头钻出屋子。天哪！外面白茫茫一片大水。我们真的掉进海里了。妈妈说，恐怕是南边的水库大坝被洪水冲了，不然我们这儿不会这样。尽管下了一天一夜，可一般的雨水都退得比较快，因为这儿离海近。要是真的毁了大坝可就糟了！她咕哝了一会儿，我看见了一条白肚子小鱼在院子里游动，就大喊了一声。

父亲和母亲都迎着喊声跑过来，看院里的鱼。"恐怕是那么回事了！"父亲说了一句，手里的瓢掉在地上。他刚才一直往外淘水。

不管怎样，我得先逮住那条鱼再说。我跑在院子里，一次一次都落空了。那条鱼只有四寸长，不太大也不太小，主要是白白的肚子看上去银亮亮的诱人。我扑了几次，浑身弄得没有一点干净的地方了，那条鱼还是那条鱼。我又气又恨地住了手。

雨后来终于停了。可是地上的水却越来越多。看来水真的是从南边涌来的。父亲不停地从屋里往外淘水，屋里露出了泥土。我突然想起要到远处那个小村看看去，看看那里大雨之后是个什么样子。我瞅着家里人没有注意的工夫溜了出来。

我的膝盖之下一直泡在水中。地上的茅草只露着梢头。我老想再看到一条鱼，可总也没有看到。

那个小村里一片喧闹，像吵架一样。我还没有走近，就已经看到村上的人在乱哄哄地奔走，有的站在村边高坡上。

小村里每一户都进了水，有的墙基不是石头做成的，随时都有可能被水泡塌，那些户主正拼命地淘水、沿墙基垒土坎。猪和鸡都赶到外面来了，特别是猪，像狗一样系着脖绳拴在树上。

多么大的雨啊！庄稼全泡在水里了。因为庄稼地大片都在村南，那里地势洼，所以最深的地方可达一人多深。红薯地里的水最深，像真正的海。高粱田只露着半截秸子。

到庄稼地就得会凫水。一大群娃娃嚷叫着跳到水深处，又被大人吆喝上来。

太阳出来了，到处都耀眼地亮。天热烘烘的，水的气味越来越大了，那是一种很好闻的味道。父亲在雨停之后的第二天上逮了一条白色的大鲢鱼，要放进锅里还要切成两段。"这么大的鱼是怎么游到咱这地方的呀！多怪的事呀！"妈妈一边弄鱼一边惊叹。

有人来约父亲到那个小村里干活，还要扛着门板。我也跟上父亲去了。

原来已经有不少人扶着门板站在那儿了。人齐了，有人喊一声，就划着门板像小船一样驶进庄稼地了。我们这些孩子只有站在田边上看。干活的人不时扎一个猛子，返身出水时手里就攥紧一个红薯。

红薯还没有长大，不过已经可以吃了。如果不及时地捞上来，那么很快就会被水泡烂；就是不烂，也不能吃了。

我眼看着父亲扎猛子，觉得他扎得最好看。他的两条腿倒着一拨动，就沉入了水中。他会不会把水喝进肚里呀？因为我看见他每次探出头来，都要吐出一大口水。

我们家里分了一小堆红薯。接下去天天蒸红薯——奇怪的是这些红薯煮不软了。它太难以下咽了。父亲命令我们吃下去，不准嚼了又吐。吃饭成了一件困难的事。

地上的水在慢慢渗下去，渗得很慢。不过鱼越来越多了，大多是几寸长的小鱼。它们像是一夜之间从地下钻上来的，几乎每个水洼和沟渠里都有。那些有心眼的人早就动手捉鱼了，他们专逮那些二三尺长的大鱼。

父亲也领我们到沟渠里捉鱼。他手里提一把铁锹，说只要鱼出现了，他就用铁锹砍它。真的有几条鱼从父亲跟前跳过，不过都没有砍中。后来，一条鱼似乎被他砍中了，但摇摇晃晃又顺流冲下去了——这会儿正好有个捉鱼的在下游，他用一个篓子将它毫不费力地扣住了。"那是被我爸砍伤的！"我追过去说。那个人瞪起大眼，狠狠地盯了我一眼。父亲过来，扯起我的手，往前走了。

天还没有黑，我们在水中站立了半天，不知砍过多少回鱼，都没有成功。

那些天，卖鱼的人抬一个大花笼子，在小村四周喊着，他们从哪儿、用什么办法逮到那么多的鱼？父亲和母亲羡慕地看着抬鱼的人，连连摇头。

后来我听到有人传说：一个人在一条水渠里逮了一百

坏了。

大树林子里横着一座座旋起的雪岭。原来夜里曾经刮过很大的风——只是大雪渐渐封住了门窗，我们什么也听不见。

妈妈不让我到林子里去。她说陷到雪岭里就爬不上来了。这要等太阳出来，阳光把雪岭融化一层，夜里冻住那层硬壳才好。那时就是一座琉璃山了。

大雪化化冻冻，慢慢有些结实了。可是常常是一场大雪还没有化完，又接上了另一场雪。至于大树林子，它永远都是被大雪封住的，一直要等到暮春才露出热乎乎的泥土。

我们院里的雪洞渐渐破了顶，开了一个两尺见方的口子。一些小麻雀就从口子飞进来找东西吃，想逮住它们很容易。有的小鸟干脆就是掉进来的，它们给饿坏了。我们没有杀害一只小鸟。它是我们的邻居。妈妈说它们的日子也怪苦的，一个冬天不知要饿死多少麻雀。它们在院里甚至都不怕人了。

父亲在晴朗的日子里闲不住。他要去林子边上那个小村铲雪：那是极有趣的一个工作。他们排成一队，沿着田边小路往前推进，用锹把路上的雪像切豆腐一样切成一方一方，然后铲起一方就扔到田里。这样，当雪化掉时，小麦就会饱饮一次。

我终于可以去林子里了。虽然大雪岭还一道一道横着，但我可以安全地爬上爬下。就是不小心踩透了冰壳，那也陷不深。

林子里在冬天有奇怪的东西等待着我。有些野果被冻住了，揪下来咬一口，又凉又甜。冰果的味道我一辈子也不会忘。我还吃过封在雪里的冻枣子，它们已经变成黑紫色，又软又甜。

这年冬天发生了一个不好的、吓人的事情。父亲有一天干活回来说，有一个人——就是小村上的老饲养员，给村上背料豆子，穿过田野的时候，掉在了机井里——那是被雪封住的三丈多深的井啊！

我和妈妈不停地哭。

那个老人是个最好的人。他曾经到我们家串过门，有一段还经常来。他给我讲了很多故事，让我永远不忘。那时他一进门就嚷："有桃核吗？"妈妈说有，就弯下身子，到桌子、柜子下边找，用一根棍子往外掏。这些桃核都是我夏天秋天扔下的，现在风干在那里了。

妈妈一会儿工夫就收拾出一捧桃核来，老头子就笑眯眯地接过去，坐在地上，慢慢地用砖头砸着壳儿，一粒粒嚼着。我试了试，太苦了，赶紧就吐了。

老人能吃苦桃核，我们全家都觉得怪极了。父亲估计老人可能有一种病，说如果没病的人吃了这么多苦桃仁，非毒死不可。

父亲的估计很对。因为一年之后老人又来了，妈妈找桃核给他，他摆摆手说不要了。他再也不想吃了。问他为什么？他说有一天早晨觉得恶心，一张嘴吐出了一条奇怪的虫。从那儿以后就再也不想吃桃核了。

原来不是他想吃苦桃仁，而是那条虫。

我不记得那条虫怎样了——跑掉了吗？如果那样就太不应该了。那是一条很坏的虫。

老人不吃桃核了，于是也很少到我们家来了。

就是这样的一位老人，死得多么惨！可恨的雪天，你怎么偏偏跟这么好的一个老人过不去！我哭着，呜呜地哭。

小村上给老人送葬那天，我和父亲都去了。原来老人是个没家口的人，他一个人住在牲口棚里。村里的人说，老人最要好的不是村上的什么人，而是牲口棚里最西边拴的那条牛。我注意看了看那条牛，发现它长了一身黄中泛红的皮毛，那会儿眼角流着泪……

这个冬天很长，完全是大雪还没有化掉的缘故。妈妈说老天爷把冬天藏在雪堆里，一点一点往外发送。我跑到芦青河看过，发现河面上锃光瓦亮，像一大块烧蓝的铜板。开始我不敢走上去，后来一点一点走到了河心。

河冰是半透明的，我想看到河里冻住了的鱼。有一天我正在河上玩，遇到了来河里打鱼的人。我觉得很奇怪，不知道他们怎样干这件事——他们先把冰用铁钎子凿开一个大洞，然后就伸进一个捞斗往外掏着，结果一会儿就掏出鱼来。这在以后很长时间，我都感到不理解。

我还看到一只兔子从河坝的雪堆上跑下来，想穿过河去。它跑到河心时，前蹄一滑就跌了一跤。由于它是当着我的面跌倒的，所以我明显地感到了它有些不好意思，爬起来，很不体面地向对岸跑去。

如果河堤上的雪堆往河道里缓缓地流水，就说明春天的热劲儿要来了。这时候你蹲在河冰上听听吧，河水在冰下咕咕咕流呢！不过两岸林中的大雪岭还要多久才能化掉？这是没有边的日子啊！

大雪化一层，就露出了一层细小的沙尘，这是风雪之夜里掺进去的。大雪岭子一道一道躺在村边路口上喘气儿，像海边上快死的大鲨鱼，又脏又腥，苍蝇围着打旋儿。我发现田里到处都开始发出绿芽了，小小的蜂蝶也开始嗡嗡转。可是冬天的雪还不肯离开我们。

树林子里的冷气蓄得好浓，人走进去，就像走进了冷窖。没有叶子的梢头挡不住太阳，热力把地上的雪化掉一点，夜间又是冻结上了。一些去年秋天和冬天忘记摘下来的野果子，这会儿悄悄地发霉了。

我们家的院子里早就没有一点雪了。父亲把残留在院角和屋后的一点冰碴也清掉了。他不愿过冬天和春天相挨这些日子。妈妈在一个春天快来的时候就满脸高兴，扳着手指算节气，说什么什么日子还有多远，多久以后是清明……我就是这个冬春发现了妈妈头上的白发，一根一根，大约有十几根，闪闪发亮！我喊了父亲来看，父亲真的走到妈妈跟前，背着手，很认真地看，还伸手抚弄了一下妈妈的头发。

"妈妈……"我叫了一声。

妈妈没有吭声，用手在我的后背上轻轻抚了一下。

"时光真快啊！转眼又是一年了……"妈妈像是对父亲说。

我知道这句话是什么意思。因为我们就是在一年的开春，踏着一个春天化雪的泥泞搬到这儿的。那时的事我已经不记得了，是妈妈告诉我的。她说那一年的雪直化了很久很久，林子里背阴处的雪差不多一直留在那儿。

我是在这片林子里长大的。这儿的一切都是我的。我知道大林子里一切的奥秘，知道芦青河的所有故事。

小村里的孩子经常来变暖的林子里玩，我们就结伴在树上拴秋千、爬树掏鸟窝。我们特别喜欢把黑乎乎的雪岭掏开，从当中掏出白白的一尘不染的雪来吃。我们还将它们做成一个个窝窝头带回家去，当着大人的面张口就咬，让他们吓一跳。

河冰一块一块跌落到水流里。夜里，坐在岸上，可以听见咔啦啦的冰板的断裂声。春天真的要来了，可林子里的大雪真的一时还化不掉呢。

我们沿着河堤飞跑，一直向北，跑向了大海。大海被一个冬天折腾得黑乌乌的，白色的浪朵一层一层揭开，又慢慢覆盖在水面上。我们都惊讶地看到海岸上一堆一堆的雪和冰——这是海浪推拥上来的？还是冬天里积聚在海边上的？谁也搞不清楚。

有一条蛇在海滩的沙子上慢腾腾地游动。我们跟上它走了很远很远。后来，我们又看到了一个兔子，它飞似的不见了。再后来，我们又看到了一个刺猬。

我把刺猬拿来回家的时候，父亲正坐在院里抽烟。他让我放下刺猬，然后看它在院里走。"多么美丽！"他看了一会儿说了一句。我不解地看看父亲——我不明白它美丽在哪里，也不明白父亲为什么会说这样的话。

妈妈也跑到院里来了。她不知怎么靠在了父亲身上，两人一块儿看着刺猬。"多么美丽！"父亲又说了一遍，一只手搭在妈妈的肩膀上。

"孩子，你是从哪里弄来的呀？"妈妈无比和蔼地问我。

我详细地讲了起来。

我讲完了，他们满意地笑着。我觉得这是很久以来没有过的愉快时刻。

我们玩了一会儿，妈妈说吃饭了，大家就跑进屋里。等我吃过了饭再出来找刺猬时，它已经钻到什么地方去了。

夜晚睡觉冷极了。"下雪不冷化雪冷"——这还是个化雪的季节啊！我夜里紧紧蒙住被子，抵挡着严寒。在这样的夜晚，你不会觉得这是春天，而只能认为是在严冬。

如果是个大风之夜，树林子鸣响起来就怪吓人的。我知道野物们在春夜里不会平静，它们要跳要蹦，在林子里闹着。树木的枝条互相碰撞不停，风在树尖上发出刺耳的叫声。这是春天吗？这是隆冬天里啊。我甚至想起了以前的冬天和春天，想起了以前大雪是怎样融化的。那时的雪好像化得比现在快，而且是悄悄的，不声不响的。

林子里的槐树抽出了长长的叶片，再有不久就该着开槐花了。那时，整个大林子就要真的告别一个冬天了。

我心里焦急地等待着。

我等着槐花一齐开放、林子里到处是放蜂人的那样一个日子。我差不多天天往林子深处跑，一路上留意着。我总是将每一点新奇的发现告诉父亲和母亲。我发现槐叶下边已经生出了花骨朵，密密的，像粟子穗儿一样。今年春天的槐花一定比哪一年都密。

林子里还找得到雪的痕迹吗？没有了，到处都暖融融的。地上，是萌生的各种绿芽，是被太阳照得发烫的干草叶儿。

有一天，槐花终于一齐开放了。妈妈和爸爸领着我进了林子。我们每年的这时候都要采一些槐花，晒干了，留着食用——这是一种独特的美味，是全家人都爱吃的。

我们高兴极了，不停地采啊采啊！满海滩的小动物都在吵闹，它们也高兴极了。鸟儿叫得好欢，它们在远远近近的地方打闹，互相问讯。

当我跨过一条小沟的时候，突然在一个拐弯处发现了一堆黑乎乎湿漉漉的东西。我觉得奇怪，用脚踢了一下，发现了白白的雪！我叫了一声。

父亲和母亲都过来了。他们注视着隐蔽的雪堆，没有做声。

原来冬天还藏在这儿。

它一下子又提醒了我们，让我们想起那一场持续长久的大雪天来……

捉鱼的一些古怪方法

在没有网具的情况下，要捉住几条鱼是很难的。田野上的河汊沟渠，池塘小溪里，总会有些鱼，大大小小，引诱着人去下手。有的鱼很大，大得让人怀疑它究竟是不是这片水里生出来的。你兴冲冲地跳下水去，扑腾得浑身泥浆，最后还得空着手爬上岸来。你捉不着它。

实际上捉鱼有很多古怪方法。

"浑水摸鱼"被用得多了，也就不以为怪。其实这个方法简便易行，只需跳下水中胡搅一气，那些鱼也就昏头昏脑地探出身子等人来捉了。一片混浊的泥水之上，昂着一个又一个鱼儿的头颅，那是很好看的。

这个方法突出的是一个"搅"字。功夫全在搅上了。其他方法如果也都用一字概括，那么整套方法可称之为"推、搅、掏、堵、诱"。

推鱼最容易。如果你来到一条浅浅的小渠边，被水中清晰可见的鱼影搞得心烦意乱、跃跃欲试的时候，你最好先蹲到渠岸上拔一会儿青草。然后，你抱着一堆青草跳下渠水，趴下身子，两手推着草叶往前走，直走到渠的尽头——水尽鱼存，无一漏网，真是个好方法。不过这个方法"太绝"了些，常常使人欣喜之余又有些不安：对鱼们太狠了？

堵鱼就是将宽水流堵成一个小豁口，使水流由此而变得急起来，并将一草篮放在豁口上。鱼儿随急水而下，不得翻身，常常在篮底积下一层。这种方法的唯一缺憾就是逮不住大鱼。大鱼力气大，翻身有何难。

诱鱼是比较难做的。诱饵香甜诱人，却不一定合鱼的口味。如果它们循着气味游过去，直游到那个人为的生命的陷阱里，你在岸上就会高兴起来。没有办法，鱼们平常就爱躲在深水里、草根处，只有用诱饵将其引逗出来，引到一个便于围歼的地方。这个方法可能受了某部兵书的启示：对付人的计谋有时用到自然界的其他生物身上，竟是同样奏效。

掏鱼大概算最古怪、最费解的方法了。这个方法是我们发明的。"我们"在当时实际是一群孩子。天真无邪，面对游鱼，也就想出了这个方法。大人们反而想不出，大人们太复杂了。我们不止一次地发现这一奇怪的现象：有人就因为失去了纯真，结果就失去了巨大的创造力。捉鱼也是一样……如果渠长水深，没法"推搅堵诱"，那怎么办呢？那就跳下水去，在渠的水线上挖一个个碗口粗、尺余深的洞洞。挖过之后，你就在渠水里来来回回地走动，像散步那样。走上一会儿，你感到疲累了，就可以伸手到那些洞洞里掏鱼！鱼已经装了很多，全在洞底，顺着掏下去就是——这究竟是为什么，谁也说不清。这简直像是一个梦境，一个非常美丽的、只属于童年和少年的梦。但它又实实在在是一个可靠的、古怪的捉鱼方法。

不难看出，以上方法只能用来捉淡水鱼。

有人说淡水鱼比海鱼更有滋味。我相信这个说法。但我不明白它们是怎么生出来的。如果有一潭水，只要不去管它，迟早里面会生出鱼来。而庄稼还需要播种呢，这鱼真是天赐之物。如果掌握了一些古怪方法，随随便便就可以从田野里携回鱼来，一食为快。

吃的方法很多，比捉的方法又多出几倍。用油炸、用水煮，有时还故意让活鱼下锅。但这毕竟是大人们的事情。孩子们如果捉到了鱼，常常用友好的、温存的目光看着它们，似乎从中感受到了其中那可以沟通的什么东西。他们总是把鱼儿养起来，心中充满了希望……

写到这里，我不由得想到：如果我是一条鱼，又逃不脱那"推搅掏堵诱"的话，那我希望败在纯真的儿童们手里。

赶走灰喜鹊

失学了，一天到晚在荒原上游荡，像丢了魂。总要做点事情啊。不上学就要干点事情啊。

我常在一片葡萄园外边闲逛。这个园子可不算小，四周都围了栅栏。

我在园边走，不时往里看一眼。栅栏内，一个脸色发黑的人正提着裤子刹腰，看也不看我。他望望西北天咕哝："你这小子成天瞎蹿，干脆到我这儿来吧。"

我以为他在逗人，没搭茬儿。这个人五十多岁，很老的样子，一说话就咳嗽："咳，咳咳！你这小子，咳！我这里的活儿才简单，这么说吧，只要有副好嗓子就行。"

我听不明白，问：

"你让我干什么？"

"让你穷吆喝。"

"你逗谁？"

他走出栅栏，揪揪我的耳朵，坐在土埂上。他说自己叫"老梁"，说着又咳：

"葡萄熟了，咳，灰喜鹊妈的——就来了。一颗葡萄啄
一个洞，咳，只吸那么一点甜汁……葡萄就是这么完的。
你见灰喜鹊来了，就给我赶跑。咳！咳！"

说着两个巴掌在嘴边围个喇叭：

"哎——嗨——哎——嗨——"

我乐了。"这么简单——一天多少钱？"

"我以前雇别人干过，八角——八角钱怎么样？"

我心里高兴，嘴上嫌少："八角五分吧。"

"就是八角。"

他说完背着手就走。

我僵了一会儿，跟上了。

灰喜鹊晚上不来，所以我只有白天才干。天一亮我就
在葡萄园里走来走去，喊。开始的时候我到处找灰喜鹊，
一着面儿就破嗓大喊。后来觉得这样真不轻松，也费眼，
就简单些：每隔一段时间出来喊上两嗓子。

更多的时间是玩：吃葡萄，看螳螂怎样往葡萄架上
爬，看小鸟怎样在葡萄叶间蹦跶。一般的鸟不伤葡萄，只
吃虫子。益鸟。

我把灰喜鹊吓得扑愣愣满天乱蹿。可怜的，再也吃不
上葡萄了。它们的嘴巴真馋啊。它们太馋了。

天刚蒙蒙亮我就到园里来。灰喜鹊起得比我还早。我

一大清早就亮开了嗓门。我刚刚十六岁，有一副脆生生的嗓子。我喊了一早晨，口渴了就吃一串葡萄。老梁和他们那一伙要等到太阳升起才钻出草铺子，一出来就甩下外衣，把葡萄笼搬来搬去的。他们干活头也不抬。他们这一下省心了，专门有人为他们轰鸟了。

有人问老梁："把灰喜鹊用枪打了算了，省得轰了又来。"

老梁说："不行。上边说了，咳，益鸟。它们只不过在葡萄熟的时候犯贱。再说枪籽也伤葡萄啊。咳！"

太阳升到葡萄架上，阳光透过葡萄叶一束一束射到脸上。身上开始暖起来。园里充满了香气，香味直往鼻子里钻。各种鸟雀都叽叽喳喳唱歌了。它们可真能唱，乱唱。灰喜鹊就在葡萄园边的大树上栖着，一动不动。它们真精。有人说它们在心里打算盘，在那儿拨弄"小九九儿"。我能看见它们灰色闪亮的羽毛，看见圆圆的小头颅偶尔一转。它们在互相端量，在合计事儿。大概它们早晚也会知道：我只喊那么两嗓子，碍不着什么事的。

它们偶尔在树上一阵骚乱，从一棵树跳到另一棵树。那一齐展开的翅膀就像一片灰雾掠过树梢。它们眼瞅着这么红的葡萄，一嘟噜一嘟噜的，怎么能不馋？我也馋。我进园子之前常常馋得睡不着觉，何况是鸟儿。

想是这么想，还是没法儿让它们来一块儿吃葡萄。

老梁他们不停地忙。很怪，他们就不太吃葡萄。

当我起劲喊的时候，老梁就看我一眼。

我喊来喊去的样子多少有些让人发笑吧。有一次他走过来说：

"小子，你喊的时候要把腮帮子鼓大。"

我不解。

"这样，鼓大，劲儿就全在嘴上了。"

我觉得这可能不是好话，没有理睬。

"真的，你看着我。"

他双手拢住嘴巴，腮帮子鼓得老大，发出了响亮的"昂昂"声。那声音听起来又闷又沉，像牸牛。

"这声音传得才远。劲儿全在嘴巴上。你那样喊，劲儿用在这里哪——"他手戳喉头以下的地方，"咱俩一块儿喊上两天，你的嗓子哑了，我的嗓子还好好的呢。"

"那就让我哑。"

"八角钱呢。你靠嗓子吃饭，伙计。"

我心里一动，觉得老梁不错。

太阳把葡萄园映得一片暗红，一天的劳累就快结束了。黄昏时分灰喜鹊开始静下来。它们不来啄葡萄了。其实趁黑来啄谁也不管。我想那大概是因为它们眼神不济吧。它们飞到树林深处，几乎是贴着荒原飞的。太阳把最后一束光线收尽，我也踏着一片茅草往我们家的小屋走去。

夜晚的葡萄园不需要我。可是有时我在家呆不下，要不由自主地走向它。我只想一个人到处走。

我顶着星星来到葡萄园。老远就听见老梁他们在笑。走进草铺，闻到一股浓浓的肉香味儿。老梁见了我，筷子敲着小瓷盆：

"你这小子最有口福，咳，来吃口野味儿。"

原来他们煮了一锅肉，几个人正围着喝酒。老梁让我喝了一口，我呛出了眼泪。老梁大笑。几个人你一口我一口，合用一个黄色粗瓷缸。当瓷缸转到我这儿时，我偏要呷一口。不知转了多少圈，瓷缸里的酒光了。我全身燥热，脸烧得慌。老梁说：

"脸红了。"

其实老梁自己也脸红了，连喘出的气都是酒味儿。

"怎么样，八角钱挣得容易吧？"

我没做声。老梁说："有人不让打灰喜鹊。要不是这样，咳，就没你这差事了，美差。"

老梁摸着胡须："其实呢，话又说回来，念书有什么用？你去念书，咳，八角钱就没了。白天在园里吆吆喝喝，晚上再跟我们喝酒，这多好。"他把旁边的枪抄起，瞄着，说：找个像样的夜晚，他要领我们抓特务去，那些家伙呀，都是海里来的！

"真有特务?"

"那东西可多啦，"老梁抚摸着枪托，"我这枪可是登了记的。它是武装哩。上级说那东西（特务）很多。到时候我要领上一伙人，咳，一左一右包抄上去。"

"他们从哪儿来?"

"从哪儿来?"老梁的嘴巴朝海上撇了撇，"水上来。那些家伙一人脚上绑一块胶皮，咳，扑哒扑哒就过来了。上级说只要是从海上来的东西，不用问，照准打就是——都是特务。"

"那么拉鱼的人呢?"

"拉鱼的人咱哪个不认识? 听口音就行。咳，说话咕噜咕噜的，就是特务。咱当地人说话你还听不出来? 再说他们脚上也没有黑胶皮呀!"

面前的老梁皱起眉头。

这个夜晚，离开老梁我没有马上回家，一个人在葡萄架里走了许久。葡萄遮住了星光，到处黑乎乎的。这夜真静。脚下是凉沙。我坐下，背倚在葡萄架上，一串葡萄像冰一样垂在后脑那儿。转一下脸，葡萄穗儿就挨在了脸上。我抱住这串饱饱的葡萄，将它贴在眼睛和鼻子上；我嗅着，直到胸口那儿一阵阵灼热。

一直往前，出了葡萄园就是丛林和草地。夜晚的海潮声真大，还有远处传来的拉网号子。

我很少独自在夜间走这么远。都说林子里有狐狸，还有一些谁也叫不上名字的古怪东西。它们都能伤人。它们和人斗心眼儿也不是一年两年了。

但这个夜晚我想的只是另一种东西：特务。我此刻真想遇上那么一个人。我想看看他是什么模样——为什么要历尽辛苦，穿过层层海浪，脚绑黑胶皮到这片荒滩上来？这里究竟有什么在吸引他？他就不怕死吗？

我站在黑暗里，想得头疼。

我闭上眼睛，仰脸喊出了长长一声——

"哎——嗨——"

这突然放大的嗓门把我自己也吓了一跳。

回到家已是半夜。真想不到会着凉：黎明时分我的嗓子疼起来。倒霉，没法去园子里赶灰喜鹊了。

我两天没有到葡萄园。这天一见老梁他就讥讽说：

"真不中用。动动嘴巴就能累病呀？"

我像驱赶灰喜鹊那样迎着他喊了两嗓子。他赶紧捂上耳朵躲开了……

不久之后的一个晚上，老梁果真兑现诺言，领上我，还有那个高颧骨黄头发的人，一块儿去柳林里找"特务"了。

深夜，柳林里一点声音也没有。我们摸索着往前，全身发紧。老梁小声叮嘱：可千万不要弄出声音来啊。

月光朦朦胧胧。我们不时地蹲下，从树空里往前望。什么也看不见。可是老梁后来却看见前边有一个黑乎乎的巨影。他口吃一样说：

"……那是？"

"什么也……没有。"我想我看到的只是一棵笨模笨样的老树，树皮就要朽脱了。

他让我们蹲在原地，他自己凑得近一些。他一直往前摸去。后来，突然枪就响了。巨大的回响，满林子都是混乱，是嘎呀嘶叫。那个黄头发的人赶紧点亮了火把。

天哪，跑到跟前才知道，刚才看到的巨影原来是落了一树的大鸟儿，是灰喜鹊！这会儿它们惨极了，撒了一地的羽毛和血，叫着拧着……我懵着，老梁说"快快"，一边从腰上解下个口袋。地上有的鸟儿还在挣扎，老梁就拧它的脖子。

我那个晚上吃的原来是灰喜鹊！

我僵在那儿。地上的鸟儿都收拾进口袋了。他们揪我，我不动。老梁把我按蹲下，说："呆这儿别动，多停会儿，等它们落下稳了神儿，再……"

老梁大气也不出一声蹲下，伸手去衣兜里摸烟。那个黄毛小伙子像他一样闷着。

我身上的血涌着，腾一下站起。老梁又把我按下。我往上猛一跳，大喊了一声。我一声连一声喊：

"哎——嗨——哎——嗨——"

那声音可真大，林子里到处回响。灰喜鹊开始四处飞蹿。

我跑起来，一边跑一边喊。我不止一次跌倒，爬起来再跑。我不顾一切地喊啊……

老梁骂着追赶。我再一次跌倒时，他揪住了我，立刻捂紧我的嘴巴。我狠力挣脱。他的脏手像铁笼头一样罩在我的嘴上。

这只腥臭的手啊，我咯嘣一声咬了它一口。

"我的妈呀啊呀手……疼死我了手完了……"

他蹲在地上拧动，抱着手剧抖。

我拔腿就跑。我没命地跑。他缓过劲儿肯定会用枪打我。

我磕磕绊绊往前，憋住一口气跑出了丛林。

一出林子月亮立刻大了。我大喘着，一低头才看到身上有血：许多血。摸了摸，没有伤。是他的血。

老天，刚才我下口可真狠……

月亮天里，丛林里一群群飞出灰喜鹊。老天，它们都随我出来了。我敢说从来没有看到这么多的灰喜鹊：呼呼掠过头顶，简直把月亮都挡住了……

…………

激 动

一九八六年秋天的农村，自由散漫。

八点钟的太阳热烘烘的，照着田野，照着屋顶上摊开的花生壳。四个美丽的少年把柳条篮子扣在头上，慢吞吞地出了村子，沿着干涸的水渠往前走。

秋天是越来越古怪了。过去的秋天要忙个死去活来，学校放秋假，他们差不多要蜕层皮。如今的土地爱怎么做就怎么做，不爱做就让它长荒草。他们聚到一起痛痛快快地玩：学会了扑克牌的三种最新玩法，最近甚至还学会了抽烟。

九点钟的太阳耀人的眼睛。他们走到了广阔的原野上，理由是要拣豆角。豆角散在地上，上面有一层金黄色的茸毛。伸手取豆角时，一双双手看得人眼花。小个子京东拣着豆角说：有一年上，有一个城里少年，有一次拣豆角，有一个豆角的尖尖扎破了他的手。其余三个少年听了大笑，一齐喊道："呸！那是什么手！"喊完了他们大笑起来。

　　一条绿蛇弯弯扭扭地滑过来，他们喊着，围住它蹦、闪、挪、跺。蛇一会儿停住，一会儿急急地逃。最后它昂起头来，向着四个少年一一鞠躬。于是他们让开路，让绿蛇走开了。

　　十点钟的太阳使人后背发烫。四个篮子差不多都满了。他们背着太阳坐着，合计着要做点什么。仇虎从裤兜里摸出了一个小烟斗，四个美丽的少年一齐乐了。那个烟锅是橡子壳做成的，精美绝伦。可是没有烟末。几个人想了想，就拣几片最黄的豆叶搓一搓。开始吸烟了，一人一口，有的会鼻孔冒烟，有的不会。京东一边吸一边咳，说自己像爸爸一样。不提他爸倒好，一提就让仇虎来了气。他记起有一回扒了京东家一块红薯烧着吃，被那个老东西抬手打了一巴掌。"这个小气鬼！"仇虎这会儿骂了一句。大家都知道仇虎骂谁，只是不做声。停了一会儿京东说："'小气'，也就是'吝啬'的意思。"

　　接着大家就一个一个将村里的习惯说法与书上的词儿对应起来——比如"小气"等于"吝啬"；"真脏气"等于"不卫生"；"老猫儿头"等于"猫头鹰"……一个一个对照起来蛮好玩。后来不知谁喊了一句："'激动'等于什么？"大家都难住了。是啊，什么是"激动"？京东说就是"发火"，张有权说就是"胸脯一鼓一鼓"……

大家吵着，最后还是糊糊涂涂地吸起烟来。

　　他们继续沿着干涸的水渠往前走。头顶上一个老鹰定住了一瞬，然后翅膀一仄滑到一边去了。白云在远处一簇一簇绽开着，像一团团愤怒的蒸汽。天蓝得很，空气仿佛一片芬芳……不知谁用手指了一下前边的大沙岗，大家欢呼着往前跑去。那是一座很久以前就存在的沙岗，是大自然用一种神秘的力量堆积起来的。它上面长满了野藤和大树，远远看去黑乎乎的。在这个平展展的原野上，唯有那里藏起了一个个谜。孩子们在那里捡过带花斑的鸟蛋；小伙子在那里打过火红的狐狸；老人在那里见过雪白的鬼。

　　大家跑到岗子跟前已经呼呼喘气了。仰起脸来，树叶上晶莹的露滴闪着白光。蝈蝈儿在荆棵里叫着，小蚂蚱飞来又飞去。长尾巴喜鹊尖声吵闹，见了跑到岗下的四个少年就闭了嘴巴，一荡一荡地飞到岗子的另一侧去了。他们开始往岗子上攀登。脚下是一条干干净净的沙土路，四个少年愉快地呼叫着，跑着，爬着，有时还在沙土上打滚……好不容易到了岗顶。仇虎用手做成喇叭，放开喉咙呼喊着，其他三个少年静静地听这声音怎样回荡播撒到辽阔的远方。后来他们绕着一些柳棵奔跑起来，出来时有的手里是野枣，有的是毛茸茸的小桃子；张有权找到了三棵小小的沙参——他说要带给父亲泡酒喝。站在岗顶向四下里眺望，可以看到远处的田野上，做活的人一个一个蹲在那儿。每个人都认出了自家的土地，并且伸手指点着："爸爸——！"仇虎向着远处踽踽的一个黑点儿呼喊着、涨得脸和脖子都红了。那个黑点儿当然听不见。李南、张有权、京东，也都一起呼喊着"爸爸——"……他们的爸爸又是哪个黑点儿呢？

大沙岗太好了。四个少年站在岗顶，兴奋也到了顶点。学校的拘束，秋天的劳累，全去他的狗蛋吧。他们编了四个柳圈儿戴在头上，沿着光洁的沙路冲下沙岗、滑下沙岗、滚下沙岗、翻着跟头栽下沙岗。再怎么样呢？也亏了小个子京东能想得出！他想出了一个崭新的好玩法：将裤子脱下一截，露出屁股，看谁最先跑到岗下。大家红着脸一齐应和，真的脱下一截裤子，一绊一绊地往下跑去。

谁能这样玩法？哈，在丛林掩映的白色沙土上，谁也瞧不见他们。女孩子们在遥远的地方，老师、大人，一切不必要观看光屁股的人都在遥远的地方了。他们在跑，也像在跳跃，四个美丽的少年光着屁股，大笑大叫，互相看着，动动手脚，撩起脚来还击……到了沙路的尽头了，真不容易，鼻子耳朵都是沙土了。他们仰躺在沙岗下的一片阳光里，汗珠在脸颊上流动，大口地喘息，从指缝里去看火热的太阳——这时候他们才感到一些羞怯。不过谁也没有去穿上裤子。

张有权第一个把手从眼睛上拿开。他瞥瞥三个伙伴说:"咱们刚才真是'激动'了。"

"嗯。真激动了。"京东捂着眼睛说。

李南坐起身来:"谁也不要把这激动告诉别人!听见了吗?"

没人吱声。

停了一会儿,仇虎瓮声瓮气地说:"这能算'激动'吗?"

其余的三个少年全坐了起来。仇虎望着他们,断然否定说:"这不能算'激动'。"

大家轻轻地喘着气。京东小声问:"到底什么才是'激动'呢?"

仇虎擦了一下鼻子:"我也不知道。反正我觉得这还不算'激动'——它要比这厉害千万倍呢——那才算'激动'。"

"嗯。"京东又躺下了。

所有的人都躺下了,躺下去认真地想那个"激动"。

一个大蛤蟆蹦跳着凑近了,一动不动地看着四个少年,嘴巴下边的皮肉有节奏地跳动。没有人理它,它耐心地等待了一会儿,不知在等待什么。后来它终于激动地一跳,箭一般射向远方。

张有权仰脸看着蓝天,目光远远地躲着太阳。什么才算"激动"呢?天边的云团翻腾着,像剧烈的爆炸激起的烟团。那簇云彩肯定是激动的 —— 他由云彩想到了村子里升起的一团白烟,这会儿猛地坐了起来。

那是春天的一个下午,太阳像血一样红。红太阳粘在林梢上的时候,不知从哪里传来了巨大的爆炸声。全村的人都昂起头寻找什么,马上看到了半空里腾起的白烟。"粉丝工厂被炸了啊 —— "有人惊慌地喊着,举起双手从巷子口跑过来……后来才弄明白,原来是有人偷偷地放了炸药。村里的人不知怎么都有些愉快,站在自家门口观望着,并不围过去。粉丝工厂是全村最重要最赚钱的工厂,年前被一个人买通关节承包到了手里,真赚了大钱。不过谁放了炸药呢?上面很快派来了人,不知多少人被叫去查问。两个月过去了,还是没有找到放炸药的人,上面也只好暂时作罢。谁放了炸药呢?也就是说,谁"激动"了呢?

那大概才称得上真正的"激动"吧?

张有权望着天边的云彩,咽了一口唾沫。他喃喃地说:"敢放炸药的人,那是多么'激动'啊……"

李南听明白了,反驳说:"那是破坏。"

"是破坏。不过也是'激动'。"

京东很赞同张有权的话,用手捶打着身边的沙土:"有那么一个人 —— 我可不说他是谁,最坏了。谁拿他也没办法 —— 前一段 —— 你们听到前一段的事了吧?"

三个人都把脸转向了他。

"我爸爸告诉，这个人可贪了，他家里的海参多得用布袋子盛；彩色电视机有十几台，全是人家偷偷送去的礼物……"

"哟——！十几台，彩色的……"张有权有些羡慕地咂着嘴。

"睡到半夜里，那个人就从被窝里钻出来，用指头一个一个地捅那些电视开关玩儿，一个一个地捅……"

他们三个谈论这些的时候，仇虎慢慢把脸转向一边了。他一声也不吭，三个人都发现他不吭声，只好不去管他。

也许是在沙岗上来回奔跑的缘故，他们都感到肚子有些饿了，于是生起了一堆火。不过他们不愿烧豆子吃——大家把白茸茸的野桃子、枣子，甚至是张有权的沙参都放到了火里。正烧着，京东想起了什么，起身到一边的豆叶里扒拉起来，找出了五六个黄黄的大豆虫。他们都记起跟大人忙秋的情景：半天的活计做下来，疲乏得很；大家唉声叹气地坐下，慢腾腾地拢了堆火，烧起了豆虫。烧熟的豆虫冒着油，要多香有多香……京东把豆虫放到火里。

火慢慢燃着。火堆里不时有什么烧爆了，啪啪地响。李南为了让火苗蹿高一些，不时伸出棍子去撩动柴禾。张有权蹲在火堆跟前，嫌脱下半截的方格裤子碍事，干脆全脱下来搭在一棵小柞树上。不知是什么烧出了香味，京东伸长棍子，从火炭中往外拨拉着。焦黄的豆虫和冒着水沫的野果子一个一个往外跳，奇异的香气一下子扩散开来。大家回头叫着仇虎，一边将滚烫的果子往上撩着。

最好吃的还要算豆虫。桃子和野枣则有别一种滋味。沙参被烧得卷了皮，像一条黑色的小蛇。张有权一边拨着沙参一边说："它和人参差不多，是补身体的。吃多了可不行。我爸说年轻人吃多了鼻子要冒血。"

"啊，真香啊！"京东咀嚼着沙参。

张有权又说："凡是带个'参'字的都有大补。海参、人参、玄参……还有'党参'——那是党员才能吃的一种参。"

大家愣愣地看着他。停了一会儿李南问："那个狗蛋家伙海参不是多得用口袋盛吗？"

李南点点头："海参要一百多元钱一斤呢！"

"嗬！"京东伸了伸舌头。"那个狗蛋家伙要有多少钱哪！"

张有权摇摇头："不多。人家说他不过有几万块钱。"

"呀！几万块钱，这还不多死了呀……"

"可村里有个人——我也不说这人是谁，如今是个十万元户呢。"

"滋——！"几个少年同时吸着冷气。

十一点钟的太阳行走得更加缓慢，烤得人焦。可是它慢慢地躲到一棵小槐树的后头去了。好长时间没有人吱声。四周静静的，没有一丝风。不知从哪儿爬来了一个豆虫，仇虎默默地捏起来，放到离火堆很远的一丛茅草里。

　　大家伸手在火上烘着。停了一会儿李南问："他们怎么有那么多么钱呢？吓人，十万元户！"

　　张有权把头低下来，四下里瞥了几眼，嗓子低低地说："你不知道那个粉丝厂吗？听人说有一半股份是那个人的呢。不过他不出头，他让别人出头，暗里净等着拿钱就是了。"

　　李南哼一声："要我是承包人，就不让他占股，自己干了……"

　　"谁在这块地盘上开工厂，就得让出一半给他……这还不算，村里的好多副业，那人都有股份呢。你想想，他成十万元户还难吗？"

　　张有权的声音越来越低，到后来一声不响了。

　　仇虎折着树枝，把一根长长的树枝折成了一小段一小段。

　　京东小声凑在李南的耳边说："看吧，仇虎'激动'了。"

　　想不到仇虎听到了，抛了手里的树枝，直抛开老远老远，说："这算什么'激动'！你才看见几次'激动'！"

京东想顶他几句，但一抬头，似乎看到仇虎的眼睛里有一丝泪花在闪动，立刻就闭住了嘴巴。他悄悄地蹲下来，装着去扒拉火堆，一边小心地观察着仇虎。

仇虎说完那句话就转过了身去。他在望着十一点钟的太阳。太阳的强光耀得他怎么也睁不开眼睛，可他还是用力睁开了眼睛。光箭击中了他的眸子，他用手捂住两眼，低下头，旋转着身子，旋转着身子，后来大滴的泪水顺着指头缝隙流了出来。

张有权、京东、李南，全都盯着仇虎，站在那儿，一动不动。

仇虎咬着嘴唇，久久地望着大沙岗。他说话了，差不多是一个字一个字地蹦出来："我秋天不上……学了！"

大家惊讶地望着他。

"爸爸不让我上了。他说你回来吧，一块儿对付日子……"仇虎说到这儿，像肚子疼似的屈着身子蹲下来。"妈妈偏让我上学去，爸爸就一巴掌把她打到炕角里。他喝了一瓶酒，我眼盯着他把一瓶全喝完。妈妈去夺酒瓶，爸爸用闲着的另一只手去打她的头、她的脸。"

三个伙伴吃惊地大睁着眼睛。

"开春，爸爸合计要开个小磨面厂。村里有个人就是这么发了财的，存了上万元。他是个好心人，劝爸爸也这样干。爸爸让妈妈去商量村里的一个人——你知道，什么事情要做成都得那人点头才行啊——他说行啊，开吧。爸爸乐得直搓腿。这两年他去海上挖蛤、做绳子卖，都挣不到钱，愁得一夜一夜抽烟。这回他乐了，赶快东家西家借钱买了钢磨、电动机。什么都弄好了，营业牌照也开好了，'面粉厂'三个大字还是请老校长写的……就剩下拉电线了，爸爸去问那个人，他说'等等罢'，十几天过去了，爸爸又去问，那个人的脸一拉老长：'谁让你来啦？你老婆是这么说话来吗？'我爸给弄糊涂了，回来问妈妈，妈妈也不明白。后来妈妈自己去问，半天才回来。电还是拉不上。妈妈气得老是哭。她求爸爸给那人送些礼物吧，爸爸就送去了一些烟酒。谁知人家接过去，一扬手扔出了大门……"

京东一直皱着眉头，这会儿插嘴说："肯定是嫌东西少了，我也明白这样的事儿。"

仇虎咬咬牙关："我爸爸也这么想，他打谱送更多东西，急得在屋里来回走，妈妈就在炕上哭。后来妈妈一下从炕上蹿起来，抱住爸爸的腿说：'不开工厂了！不开了！他瞧不上你的礼物，人家不会要不会要不会要……'我爸火了——我从来没见他发那么大的脾气：一把揪住妈妈的衣领，说话像打雷：'狗养的东西，他们到底要什么？'妈妈疯了一样抖，冲着爸爸耳朵喊：'他们要我！'……"

李南看看京东，京东看看张有权，都不明白。

仇虎把泪水擦干了："我只见爸爸听了妈妈的话，一下闭上了眼。他这么闭着，半天才睁开——眼里全是红丝丝，像血那么红。他一脚把门踢开，妈妈拉也拉不住，跑到院里抄起大镢头，他奔到磨屋里，几下子砸碎了钢磨壳子，又去砸电动机。妈妈在院里给他跪下……我爸那天老喝酒，瓶子喝空了，就'砰'一声扔到墙上。玻璃片子满炕都是，硌破了妈妈的手。爸爸脱光了上身，摇晃着跳到大街上，好多人就围上看他通红的胸脯。妈妈扯着我的手在后面追，她喊：'你爸爸是疯了，你爸爸要杀人了——'我不信，可是我给吓哭了。人越聚越多，我和妈妈挨不上爸爸的身。只听见爸爸一个人在人堆里喊：'我把那些东西都砸了啊，都砸了啊！我豁上了，我今天是豁上了，反正是一个字：穷！……老少爷们，我刚才把那些东西都砸了啊！我豁上了！我借了谁的钱，一个子儿也短不了他——当驴当马，死也要还他啦……'我爸喊得嗓子破了，那音儿我都听不清。又是酒瓶子响，我知道他喊着又喝酒了……"

一旁的三个少年怕冷似的蹲在火堆跟前。火苗儿早弱下来，他们回身找来几撮草叶，轻轻地放在上面。火苗儿往上蹿去。黑色的灰屑飘飘地升起来。有什么"砰"地在火中响起，一个火炭从仇虎耳朵上边刷一声擦过。仇虎僵住了一样，一动不动。

"仇虎……"京东扯住他的手，把他拉到火堆跟前。

李南一直在想什么，这会儿对仇虎说："如果你真那样儿——我是说你真上不了学了，就让俺仨来帮你吧。老师讲了什么，我们再回头给你讲！"

京东立刻高兴起来："对，一人教一课，就这样好了……不过教的时候你最好从家里跑出来，就在大沙岗子这儿最好了。别忘了带上小烟斗，咱们一边上课一边抽烟。"

仇虎的脸慢慢转过来，点了点头。

京东伸手从仇虎的衣兜里摸出了小烟斗，揉碎一片豆叶吸起来，不停地咳；大家一人一口地吸了，全都咳着，呛得泪花闪闪。所有人都高兴一些了，兴奋地喊叫起来。他们试着骂起了"那人"，一人一句，骂得十分巧妙。京东说："想法儿治治他才好，把他家草垛点上火吧！"仇虎飞快地瞥了一眼京东。李南说："那可是犯法的。"

张有权从火堆跟前猛地站起来："犯法？人要是激动了可不管那些！人在激动时候什么做不出来？"

"是犯法的……"

张有权坐下来，两手按在自己脚上，嘲弄地看着李南，鼻子仰得老高。他拖着腔儿说："人不发火就干不出大事。听说了吗？有个外国皇帝叫拿破仑，发起火来使劲一跺脚，鞋带儿全齐茬儿断了。第二天他就发兵打俄国人，差点占了一个国呢！……他的对头叫库图佐夫，一个俄国大元帅，也发火了——不过别人看不出来。他火了只是两撇大白胡子一动一动，像是要钻进鼻孔里……"

京东笑了。

仇虎、李南都盯着张有权。他们知道他看了不少课外书，也喜欢胡诌，是个爱卖弄的家伙。虽然将信将疑，不过听听也蛮有意思。

张有权最后瞥一眼李南："人这个东西又不是别的，不会发火哪行？不发火还能干出大事来？你没听说曹操率领八十三万大军下江南，一口气杀了八万人？血把大河都染红，咕噜噜流！努尔哈赤火了，一抬手射箭，射下了九百多只大雁，有一只大雁脖子上还系个铃铛……"

"还系个铃铛？"

"嗯。"

大家笑着，大口喘气。

"我没听说谁不发火还能干出大事来！"张有权挑战似的一个个环顾着。

没有人回应他。京东停了一会儿皱着眉点点头："也是的。也真是的——我讲个故事——大约你们都听到了吧？哦，没有。那就是前几个星期发生在河西的事呀，那个小媳妇的事嘛。"

其他三个少年真的没听到，于是认真地听起来。

"那个小媳妇的事嘛。在河西没人不知道她的事，三岁小孩也知道。她长得可俊了，俊到没法说！她两口都在本村做工，有个人家开小工厂，富得流油，还不知有十万百万的钱呢！河西的富人多，有的是拼力气挣的，有的就不是。那个人家在城里的大工厂有亲戚管事儿，一年就肥了。他家雇了十几个工人，白天黑夜开工厂。男主人钱多了，常跑银行。他雇的工人里有不少女的，他就多给她们钱，一把一把给……"

张有权哼一句："他犯傻吗？"

"他才不傻！谁拿了钱不和他好？那些女的有俊有丑，都在一块儿，硬好硬好——她们家里人都装着不知道。女主人恨那些女工，一天到晚找茬儿打仗，男人就吓唬说不要她了。她再不敢惹自己的男人，就用烧火棍去烙女工，一烙一个水泡。后来全厂里就剩下那个聪俊的小媳妇身上没有水泡了。她可不吃男主人那一套。她男人也爱惜她，说俺媳妇可不是那样人。俺媳妇可好咪。他放心她。"

"小媳妇真好！"李南夸一句。

"慢慢看吧。有一天男主人又去跑银行了。他去银行都是走秘密道儿，谁也不知道——可是这天他走到一片玉米地边，从地里'噌'一声跳出一个大汉，用黑布蒙了脸。男主人吓得腿也软了，只顾用手去捂钱口袋。蒙面黑汉手伸得抓钩那么长，一下子就把钱袋撕破了，十元大票'刷刷'撒了一地。黑汉弯下腰来，一张一张捡起来，跳回玉米地里。男主人瞪着眼坐在地上，黑汉跑没了影，他才咕哝说：'恐怕是个熟人，是个熟人……'"

仇虎、张有权、李南，全都惊恐地瞪大眼睛。

李南问："他怎么不揪下黑布看看？"

京东白一眼李南："一边去吧。你什么也不懂。那可揪不得。"

"怎么？"

"怎么？布从脸上一掉——也不管是揪下的、风吹落的，反正只要那脸一露出来，另一个人就得完——"

"怎么个完法？"

京东哼一声："死。"

大家不解地盯住他看。

"他用布蒙住脸，那就肯定是个熟人。这布一去掉，你想他给认出来了，不杀人才怪——上年纪的人都知道，遇上蒙面人打劫，千万不能去碰他脸上的布……咱说不定以后也会碰上，咱可不敢碰。"

大家舒一口气，钦佩地看着京东。

京东向仇虎摊开手说："抽口烟吧——你看看我这烟瘾……"仇虎不太高兴地摸出了烟斗。京东吸着烟，慢悠悠地讲下去。"钱给抢走了，他跑回家里就躺倒了。躺了一天一夜，他从炕上一个鲤鱼打挺蹦起来，跑出去告发说：是小媳妇的男人拦路抢了钱！这当然是他躺在炕上想出来的——有人问他证据在哪？他说去银行从来都是秘密的，谁也不知道；要怨也怨他自己，活该自己'作风不好'，跟小媳妇睡觉时走漏了风声。他对天发誓：天底下只有那个小媳妇知道他去银行，也肯定是她告诉了男人……过了没有几天，小媳妇的男人就被抓走了。那天村口上围了好多人，小媳妇追着男人哭，哭哑了嗓子。男人大声问小媳妇：'你真跟人家睡了？你说！你说！你不做声，我知道你是冤屈啊！我就知道会是这样！你不是那样的人！'他喊着、喊着，一双眼瞪得老大。谁知就在这会儿小媳妇哇哇大哭，用手捶着自己的胸脯说：'我是那样人哪！我真做了亏心事啊！这都是我害了你啊，我不愿过穷日子，人家平日里多给几个钱，就依了人家。我想攒钱给你买件新褂子……'小媳妇哭着，叫着，她男人没听完就昏过去了。"

大家默默地听着。

"他就这么给抓走了。小媳妇再不吃不喝，老僵神儿。那些女工都过来劝她，她理也不理。第三天上午她对女工们说了一句：'钱是个好东西。不过我这会儿恨它。'说完再不吱声。就是那天夜里，她摸到男主人床根，把他给杀了。天放亮时，她自己也喝了毒药……这就是那个小媳妇的事儿啦，河西人没有不知道的……"

京东讲完了，磕磕烟斗，咳着。

"我敢说，那个小媳妇一连三天都是'激动'的！"仇
虎说道。

火渐渐熄灭了。青烟升上去，在一人多高处又懒洋洋
地折向北。一个蝈蝈儿嗓子沙沙地唱着。

四个美丽的少年无比疲倦地躺下来，仰着，用手捂
着眼睛。光滑的下身暴露在阳光下，闪着亮儿……仇虎
声音涩涩地说："我老替那个小媳妇难过。她不该杀她自
己……她男人以后从监里出来一看，媳妇没有了！"

其他三个人叹息着，没有什么异议。太阳晒得人下肢
发痒，大家翻了一下身。下肢还是发痒。这个秋天！这个
让人发痒的秋天！……李南翻动了一会儿，问道：

"瞎子'激动'了你们见过吗？"

"应该叫'盲人'。"张有权更正说。

"嗯。盲人'激动'了你们见过吗？"

没人吱声。

李南欠起身子："有一回一个盲人弹着三弦走进村
里，咿咿呀呀唱。他唱了快一天，手里的小笸箩收了三毛
钱。他又唱，小笸箩里又多了三个钢镚儿。天黑了，盲人
请求找地方借宿，几个小伙儿笑嘻嘻说好。他们领上盲人
走，肩上还扛个门框儿，捂着嘴叽叽地笑。后来直走上大
河滩了，有人说声'到了'，就扶住门框，等盲人从门框

158

里走过去，说一声：'你自己在这屋里歇吧，俺走了！'然后轻轻扛起门框走开了。盲人千谢万谢，往前摸索着，说：'好大的一间屋呀！'……"

有人笑起来。

"盲人后来才知道上了当，他听见了河水噜噜响。这一下他火了，两手发紫，凹下的眼窝往外流水，水的颜色……我不告诉你们。"

再没人笑。沉默了一会儿，仇虎又问："一群要饭的小孩'激动'了，你们见过吗？"

都说没有见过。

仇虎说："他们都一般高，瘦得皮包骨，头发一摸就断。这群孩子不知从哪儿来的，说话的腔儿谁也听不懂，常年就在镇上饭馆里转悠。他们吃些残汤剩饭。有一回一个要饭的孩子去喝丢在桌上的半碗杂烩，过来个服务员硬把那碗杂烩泼到地上。一群要饭的孩子全急了，提着小饭筒，齐着劲儿叫唤，嘴唇发黑，呀呀地往前冲。他们一叫就露出牙齿，雪白雪白，呀呀地叫。饭馆里吃饭的人全吓呆了，一齐站起来，手里的筷子掉在地上……"

李南接上喊："连半岁的小孩子也会'激动'，他们也会！有一回我见了……一个小东西躺在炕上，身子直滚直滚，小脚趾紧挨在一起，像要握个拳头。滚着、叫着，'哗'一下撒了一炕尿……"

大家笑了。

"鬼也会'激动'。" —— 李南说着看看四周震惊的脸色，肯定地说："也会。我听老人说了，鬼在半夜里出来游荡。他们不伤人，也不让人伤。要是谁去惹他们，他们就火起来 —— 他们火起来可不是闹着玩的，倒退着往前蹦，两个肩膀抬得水平水平，一蹦一抖，一蹦一抖。你听吧，'咯吱、咯吱'，那是骨头摩擦的声音……嘻！"

他最后的一声"嘻"喊得非常响亮，其他三个人吓了一跳。李南重新躺下了。

十二点钟的太阳滚烫滚烫，它高高地悬在正南方的天空，发出了"滋滋"的声音。这好比是彤红的铁块缓缓放入水中的声音，四个少年都十分熟悉。四个篮子放在一边，里面的豆角闪着金色的光亮。有什么香味儿飘进了张有权的鼻孔里，他觉得那是太阳炙熟了野地里撒落的果实。刚才的一些故事还在他脑海里旋转，使他老要冲动起来。他似乎觉得这些故事里面还缺了点什么 —— 他当然不能理直气壮地否定那一切都是"激动"，他不能。但他似乎看到过更真实的激动，那是真正的激动啊。那也是个秋天，天上也亮着十二点钟的太阳……

他逮住一个蝈蝈。蝈蝈的触角像长长的头发丝一样。他轻轻地伸出手去 —— 正这时不远处响起了什么，他不由得缩回了手。他透过树隙看到了他们，一颗心怦怦跳着，悄悄地卧在了沙土上。

　　一个姑娘和一个小伙子依偎在柳树棵下，就离他几步远。姑娘十六七岁的样子，脸庞汗津津的，通红通红。她身边的小伙子要比她大好多，粗手大脚。小伙子伏在她耳边说着什么，她就伸出了两只小巴掌去推他的胸脯。她的头垂得那么低，抵住了对方的胸口。他们就这么静静地僵在那儿，一动不动，连喘气的声音也没有。不知停了多长时间，她嘤嘤地哭了，越哭越厉害，哭着去抓小伙子的手。她仰起脸来，泪水在粉红色的面颊上划了两条长线。小伙子呆呆地望着。她不哭了，去吻他的下巴，那上面有黑胡茬，胡茬上有沙土。小伙子猛地伸出两只又粗又长的手臂，像两条抖动的锁链一样缚住了她，把她紧紧地搂在胸前。她的身体在碎紫花衣服里战抖着。停了一会儿，小伙子把嘴对在她耳边，哈气似的说："啊？"她半天不做声，好长时间才抬起头，看着他。小伙子的左手小心翼翼地往前移动，碰到了碎紫花衣服上……

　　这就是张有权亲眼见过的。可他跟谁也没有说——他只是在心里认定了，他藏住的才是一个真正的"激动"！

　　十二点钟的太阳滚烫滚烫。张有权的脸庞又热又红，他轻轻地背过身子站起来，向一旁的小树走去。

　　他提着花格裤子瞥瞥躺在野地里的三个伙伴，开始费力地往身上套着。

问母亲

有一个问题一直使宁子烦恼。那就是他出生在六十年代，因而无法亲睹更早一些时候的自然风貌。而据说那时这片土地是极其特别的。

他现在是一个挺不错的小伙子，长了一头稍微鬈曲的头发，一双通常人们所说的忧郁的眼睛。他在一座海滨城市读书，就是在那儿他常常想到出生的地方，想到家。快到放假的时候他就兴奋起来，那是因为就要见到母亲了。可是每当接近那片土地，他就一阵阵沮丧。

田野上长着庄稼，一小块一小块的，颜色不一，高矮不一，像打了各种布料的补丁。很多土地荒芜了，杂草丛生。那是因为下面正开采煤矿，土地下沉，已经没法耕种……汽车再往前，出现了沙丘。稀稀落落的杂树棵子分布在沙丘间，上面是快乐的麻雀。

他的家在沙丘前面，四周全是大同小异的荒地。那是一座孤零零的房子——原来它处在一片果林里，现在果林没有了，它只好和沙丘做伴了。

白发苍苍的母亲从园艺场退休了，没事了就在屋子前后种了几棵榆树。榆树黑油油的，像她的宁子的头发。

宁子呆在屋子里，常常要问母亲。他问得最多的还是这片土地原来的模样。母亲告诉他这儿是一片樱桃树，那儿是柳树；他听迷了。他的脑海里全都是树，各种颜色的树，红的、紫红的、墨绿的，晚上他就睡在这色彩斑斓的树林里了。

可是呼啸的风沙常常在半夜把他吵起来。那时他大睁着眼坐在炕上，一声不响地凝望着漆黑的夜色。沙粒拍打窗户，发出一种奇怪的声音。他从这声音里就知道那沙粒是多么细小。后来他觉得屋顶上也爬满了沙粒。

有一次他半夜里醒来，正坐着出神，母亲从另一间屋里走来了。

宁子赶忙点了灯。母亲的满头白发在灯下泛出淡淡光亮。她衣服穿得非常齐整，显然早就醒了。她问："睡不着吗？"宁子点点头。她坐在了炕上："风沙太大了。白天倒好一些。这是海风，大概和海潮有关系……"

"妈妈……"

宁子弓着的身子挺直了。

母亲看着他。

他抿了抿嘴："妈妈，反正睡不着，咱今夜说话吧！"

母亲笑了。她合在一起的手动了动，说："好啊，说话吧——说什么呢？"

说什么？又一股沙末拍在了窗户上……"说说树林子的事吧。不过这回得从头说起，这样我就听不糊涂了。我真想亲眼看看那时候才好……妈妈你说吧。"宁子不安地活动着。

"先说什么地方？"

"说房子的西面吧——你不是说原先贴墙这块儿全是葡萄蔓子吗？"

母亲抚了抚头发："嗯。那时候葡萄园和果树林混在一块儿，这样果树通风透光，长得就好。葡萄架子搭得矮，就到你胳肢窝那儿。果园好大，我们的房子全包在里面。葡萄蔓子爬到窗户边上，开了窗子就能摘葡萄吃。一到了秋天，各种果子的香味顶鼻子。到了春天——那才叫春天哪，全家人一有空闲就跑到外面来——杏子花先开，接上是李子花。我们屋后有棵大李子树，我一辈子就看见这么一棵大李子树。它的树桩几个人也抱不过来，桩子长到一米多高就分权了。每个权子都比水桶粗，然后再分出细一点的权子。一层一层分出来，这棵大树占了好大一片地方。你想想就是它开花了，小白花一球一球，到处都是它的香味。差不多世界上的蝴蝶和蜂子都飞到了这棵树上，它们热热闹闹的，我一辈子也忘不了……后来又开了苹果花、梨花。最好看的就是梨花。它们的花瓣儿比什么都白、都娇，花梗也长，不结梨也值了。接上又是桃花，桃花在果林里像火苗似的……"

宁子问："果园外面的春天呢？"

"外面的春天太大太远了，望也望不到边。先是柳树条儿爆出小绒绒球儿，杨树长出毛胡胡，再是地上开出野花来。小蜥蜴在地上跑，刺猬也慢腾腾地挪动。冬天积在树林子里的雪岭一点点化尽了，顺着下坡地哗啦哗啦流，流上好几里远。树林从一开春就有水滋润它们，枝枝丫丫绿葱葱的，树皮儿青了，光滑了，上面有一层香粉似的白霜。不多几天一片树林子全都长出小叶子，越长越大，林子的颜色也越变越绿。这时地上落满了毛胡胡，踩在上面软乎乎的。青草从枯枝败叶下面钻出来，地表上也是一片绿色。那是灌木和乔木混生地，野兽多，就在树棵子里窜来窜去。我看见的有鹰、野鸡、猞狸，还有狐狸。最多的是野兔，它们太多了，也就引来猎人。"

宁子见母亲停住了，就插话说："林子里没有鹿和狼吗？人家说那时候什么都有。"

母亲摇摇头："没有鹿。鹿是很早很早以前才有的，我记事的时候只听说有狼。可很少有人见它，那些到林子里打柴、挖野菜蘑菇的，从来没受野物伤害。咱这儿的猎人说起来也好，守规矩。比如说春天，野兔怀仔，他们见了从来不开枪。林子太大了，人可不像如今这么多。那时林子就是林子，人就是人……"

宁子听到这儿笑了，说一句："那当然了。"

"现在不行。现在人和林子混在一起，人比林子里的树还密呢。前几天我去一个集市买东西，那个集市就开在一个大河套里。河干了，两岸是树林子。我到那儿给吓了一跳。真不知道从哪里来了这么多人，人山人海，挤满了河套，又挤到林子里，树林让人给淹了。我在心里想：天哪，这么多人，占多少地方，人都没有立脚的地方，还哪里长树去。我算明白了一片又一片林子到底是怎么变没了的。它们是让人给挤开了……"母亲说到这儿叹一口气，用手抚了一下衣襟，好像上面有沙子似的。"那时你觉得林子没有边，林子里面什么都有。我从这屋子往西走，走出果园，再走进杂树林，回家来的时候衣襟里就兜满了东西。干蘑菇、枣子、野果、栗子，什么都有。只要用心找，什么都找得到。有一年入冬了，第一场雪都下过了，我到林子里还捡回了两串红果——它们的干枝让风吹折了，跌在地上，又让树叶子盖了好几层；雪化掉，叶子让风掀开一点，它们的红脸就露出来。你可不要以为果园里什么果子都有，不，这种红果子是野生的。香味浓得顶鼻子，谁见了都会抢到手里。我从来不敢在林子里走得太远，因为它没有边儿，迷了路就是麻烦事。那些猎人有个好鼻子，闻闻味儿就知道走到了哪里。不过那时候猎人很少，遇到一个背枪的在林子里走可是稀罕事。人们瞧不起打猎的，谁家有个猎手，娶媳妇也就难了，人家会说：'他家里有个耍枪的。'女方听了这句话就不去他家了。"

宁子觉得这一切新鲜得很。他在这儿可从来没见什么猎人，因为没有树木了，野物也就少得可怜。只有麻雀还算不少，不过谁打它们呢？他想早生十几年就好了，那样就可以跟上母亲到林子里。天哪，那可算是个什么地方啊，棒极了。他的脸颊热乎乎，一双眼睛用力地望着母亲，听下去。

母亲微笑着，像不好意思似的。"说起来也怪，我们这些女人就喜欢下雨，喜欢不大不小的雨下两天三天，那才称心如意。到了雨天就合伙往林子深处钻，也忘了迷路的事。树枝上滴着雨，水汽蒙蒙，到处湿漉漉滑溜溜，青草也绊人。我们一辈女人头发上全是水珠，衣服上挂满草籽，疯了一样在树隙里窜。不知跌了多少跤，爬起来就笑。大家还放开嗓子喊，把一群群鸟儿吓得落下又飞起，嘎嘎大叫。雨水滋润出又白又嫩的蘑菇，它们长胖了，草叶就挡不住了。我们每次去林子里都要用衣襟兜出一些蘑菇来。在树丛里遇上一片干干净净的白沙可不容易，大家赶紧坐下，掏出面饼吃起来。一路上也采了不少甜的酸的果子，就把它们夹到面饼里当馅子。有的果子不酸不甜的，带一股药味儿，可我们还是喜欢吃。有一种豆子大的紫果儿长在藤子上，长得密密麻麻，采了藤子放在手里一揉，果子就落满了两只手。这种果子能把嘴角染得乌紫。不过它可真甜，有个奇怪的名儿，叫'小孩拳'……"

这个名字在宁子听来可真棒。他咂了咂嘴："为什么叫那个名字？一定是有什么原因的。"

"什么原因？"母亲把手握起来给他看看，说："那果子的模样就像小孩子握紧的拳头。"

"哎呀……"宁子兴奋地咂着嘴。

母亲继续说下去："林子里的鸟儿太多了，长尾巴喜鹊、花喜鹊、黄鹂、画眉、山鸡、蓝点颏、雀鹰、布谷鸟，多得说不完。它们一天到晚吵闹，呼地飞起来，飞过去。说起来也许没人信，那些鸟儿还会逗弄着人玩儿。果园里一个穿花衣服的小姑娘，有一次让一群灰喜鹊给气哭了。它们成一大群落在树枝上，喳喳叫个不停，拉出长腔儿。小姑娘用沙子扬它们，它们就跳一跳，落到另一棵树上。小姑娘骂它们，它们就扇动翅膀大叫。小姑娘走开，它们就追上吵。就这样，小姑娘后来给气哭了……还有一个人，这个人我也见过，前几年刚刚去世。他想穿过一条小路去海边，半路上遇见了一只狼躺在那儿。他知道狼吃兔子，从来不伤人，可还是不敢往前走。那只狼啊，也真是个懒东西，它躺着，睁开一只眼望望那个人，又闭上了。那个人说：'我要过去。'狼又睁了睁眼，懒得动。那人就握起拳头吓了吓它，它才打个哈欠，爬起来走了。"

宁子问："这就是我们屋子西边的林子吗？那么东边呢？再说说东边吧。"

"东边，靠近我们家的还是果园。出了果园，就是一片杨树。这片林子没有西边林子那么多杂树，一棵一棵利利落落的。人如果蹲在树棵下，能望到老远。这些树都笔直笔直，比着劲儿往上长。你进了这片林子，就能听见呼呼呜呜声，那是树响。树多了自己会响。我还记得树皮上有很多记号，那都是采药材的人划上去的。他们怕迷路。这儿的药材挖也挖不完，干这事的又不多。那时干什么的都不像如今这么多，都是三三两两的。他不声不响地在林子里走，谁也不搅闹。如今呢？一听说哪里有什么，呼啦一声人山人海就拥过去了，人一过，地上什么也没有了，干干净净。前年传说海上生了什么花蛤儿，几天工夫就把海边围起来。我去海上看过，黑鸦鸦一片，问一问，全是来挖花蛤的。三天工夫花蛤就挖完了，如今海里再不会有像样的花蛤了。去年沙丘地上生出一些沙参棵，不知怎么让人发现了，一传十，十传百，两天工夫满沙滩上全是挖沙参的人，也不知从哪儿来的。一天多的时间人光了，大沙滩上什么都没有了，连青草也踩死了……很早以前东边的杨树林子可不是这样。那里面真静，走上一天也遇不到一个人。做伴的就是杨树，是这片林子，你说话、挖药材，看你听你的只是一边的树。那时候林子就是林子，人就是人。如今倒好，人站在沙滩上像林子一样……"

"妈妈！"宁子蹲起来，叫了一声。他喘息着，脖子有些红涨。"可人是动物啊，他到底不能进行光合作用——我是说人没有叶绿素。人群黑鸦鸦一片，只是像林子而已。真正的林子没有了，没有了，妈妈！……"

母亲的两只手在一起拧着，再没说话。她心里知道那林子到底是怎么没有的，可她不愿提它。还是说说原来的树林子吧——"刚才说到了哪里？杨树。对，刚才说了杨树林子。我还没说树底下的野瓜呢。那儿到了夏天、秋天，一定是藏下了许多的瓜。有西瓜、黄瓜、花皮脆甜瓜……也不知是哪儿吹来的种子，什么瓜都全了。我知道那些野生的瓜最爱藏在什么地方，每次都能找到两三个。如果哪块白沙长了旺草，草棵又在树根下变稀了，那么树下准生了一株什么瓜。青草和瓜秧一块儿长在肥沃地方，后来瓜秧长壮了，打败了青草。不信过去看看，一棵瓜秧上结了两个西瓜。要摘下大的，留下小的。那西瓜个头大，像脸盆口那么大。我把大西瓜一口气抱回家，满脸是汗。我该怎么夸这个瓜呢？我说不出来……"

"它一定很甜，很甜很甜。"

母亲点点头，又摇摇头。"它给打开来，香气就一下溢满屋子。没有办法，有人老远走过来，刚从窗下走过，就闻到瓜味，跨进门来要瓜吃。它脆得很，如果摔在地上，就能跌成一小块一小块。哎，反正如今再也没有那样的瓜了。那是林子里结出的甜果，是大树林子安安静静生出来的。没有大树林子，怎么也不会有这样的西瓜。如今人们可以种上十亩西瓜，可以挑选出最大最好看的，可只要吃一口就知道了，全不是那么回事。真正的瓜是自然而然地生出来的，它跟树林子、跟野花做邻居。瓜秧旁边就是千层菊，是草籽，你能说它们的香气熏不透瓜吗？早晨和夜晚，大树上滴下露水珠像小雨一样洗着瓜秧。大林子绿荫看不到边，风是凉的，凉气老深老深。要不这瓜打开来能透着凉意？那是树林子蓄在里面的。反正是这么个理儿：没有了那片林子，就没有那样的瓜。如今的瓜别说不甜，就是甜，那也像是甜在舌尖上，甜不到肚里。瓜瓤儿软蔫蔫、热乎乎，放到冰上冰、水里泡，只顶一会儿事，离开冰和水又热了、蔫了。它的内里不是凉的。它会凉吗？太阳晒，热沙子焐，种瓜的人一天好几次去调弄瓜秧。人身上的热燥全都顺着秧儿传到瓜上了，那瓜长成了也是个热瓜。说到这儿你该明白了，孩子，如今不会有那样的瓜了，不会有了……"

宁子默不作声看着跳动的灯苗。他像刚刚吃了一口没有成熟的瓜，满口苦涩。他想如果不听母亲的这番话，一辈子也不会知道如今的瓜到底缺少的是什么。那片茂盛的、无边无际的杨树林！它消失在哪里？它怎么会从这片土地上走开？是人把它赶开的吗？人怎么会有这么大的力量呢？他紧紧地皱着眉头，两只手揪紧了衣服。"让我吃到那样的瓜吧，让我伸手摸一摸……"他自语着，后来竟被自己心底泛起的奢望吓了一跳。额上有一层汗珠渗出来，他一动不动地看着母亲的白发。

"有时我们到林子里去，最担心的事就是迷路。杨树林子让人迷失方向再容易不过了。因为它们长得又高又大，走到哪儿都一样；再说它挡住了太阳和月亮、星星，人在林子里连个透亮的地方都看不到。有时候也怪，刚刚还清醒着，低头摘一个野枣，抬起头就不知道东西南北了。刚刚迷路那会儿不急，我们几个人还笑。可慢慢就急了。我们就念叨给四周的树木听：大树林子啊，俺可知道你是个好心眼的人。你不会撇下俺，让俺受饥受渴。你是闷得慌，想留住人儿多玩一会儿，你不是坏心。看看吧，来林子里的人也太少了，你多少天不见一个人影，躁得慌。其实俺在这儿多呆上十天半月也没啥，反正你不会饿着俺。到处是瓜呀果呀，吃也吃不完。不过大树林子啊，你知道俺都是有家有口的人，俺这会儿要回去奶孩子……大伙儿这么一念叨，有时还真的就清醒了，一睁眼就认出了东南西北。这是真的。"

宁子完全相信这会是真的，尽管他没有理由。

"你看，树木从来不欺负人。树木长成了一片又一片，望不到边，它跟人还是相处得挺好的。我就琢磨：这世上就该着树比人多才好，树多成林，人要走进林子里。反过来，树走进人群里，人比树多，世道也就不会好。你一路上会看到不少村庄，一座房子连着一座，街道上只有星星点点的树。那是怎么了？那是树走进了人群里。反正我一想起很早以前的大杨树林子，就觉得如今的事情是给翻过来了。今天的人像过去的树一样多，过去的树像今天的人一样密。这一翻我就不自在了，胸口堵得慌，晚上做噩梦，睡不着。我想出门走一走，怕葡萄藤绊脚，腿抬得老高跨出门去，可一出门脚就给沙子陷住了。我这才想起林子没有了，我老糊涂了……"

母亲没有糊涂。她把四周的林子记那么清楚，怎么会是个糊涂人。宁子又说："妈妈，您再说说我们屋子南边吧，原来讲好了要一边一边挨着说嘛，妈妈！"

"挨着说，"母亲像吃东西一样蠕动了一下嘴巴，说下去，"穿过果园往南不远就是榆树林子了。也有别的树，不过还是榆树多。我们这会儿屋前屋后栽着的榆树，就是那片林子留下的根苗。要入林子，先得过一道水渠。这渠其实是通了芦青河上一道汊子，所以它常流水，没干过。河涨水它涨水，河里的鱼顺着渠水跑了来。这条渠可是林子里最宝贵的一条水龙，人恋它，满地野物也恋它。呆在渠岸上看半天，会看到喜鹊山鸡、野猫狐狸都来喝水。渠水清得见底，钓鱼时，不用鱼漂，可以清清楚楚看到鱼怎么张嘴啃饵。水浅的时候，就有人下去洗澡，会摸鱼的顺便摸几条鱼。渠上有独木桥，我记得是一根老柳树卧在上面。那个老柳树让人踩了多少年，雨后还从缝隙里生出白蘑菇来。到林子里去干什么？要干的事可多了。哪里有榆树林子，哪里就能过好日子。开春，到林子里采榆钱——你不要以为那一定是缺粮食。榆钱蒸熟了，那清香气让人忘不了。这儿的人每年都要吃上榆钱，这样才算过了一个像样的春天。还有榆树根，从上面剥下根肉晒干，用石臼捣成细面——做面条的时候撒上一层，那面条就一根一根滑溜溜的，还有一股香味儿。女人最喜欢它的还是用来浆衣服。衣料洗好了，再用掺了榆根粉的水揉一遍，晾干，用棒槌敲出来。这会儿你再看那衣料吧，又亮又挺，穿都不舍得穿呢。"

母亲讲到这儿满脸微笑，她好像又亲手整过那样的衣料了。"你看现在的布料花花样样，做成西服、中山装，都好看得不得了。其实他们是没见过早时候调弄过的衣料，那是没法儿比的……说这些干什么。还讲林子吧。那片榆树林子里黑乌乌的，野物很多。狐狸最爱藏在这里边。狐狸不是害人的东西，不像传说那么坏。不错，它们聪明，爱学着人做事情，可那也不是使坏心眼。打个比喻吧，听说果园里有个年轻女人，孩子生下来了，她学南方人，用摇篮把孩子吊起来。有一天她上厕所去，回来篮子里就没有了孩子。她急呀哭呀到处找，找到园子边上，护园子的老头告诉她，刚才有个狐狸抱着孩子跳上了独木桥，一晃一晃进了榆树林子。他真想开枪打，可又怕伤了孩子——'你那孩子又白又胖……'护林老头这么说。那个女人听了，一下子瘫在渠边上。"

宁子愣愣地盯着母亲，赶紧问："后来呢？"

"后来她叫上好多人，进榆树林子找孩子。她哭成了泪人。可林子黑乌乌的，凉气透过衣服，没边没沿的。大伙儿都骂该死的狐狸，骂该死的林子，也不管有没有道理。哪儿找去？也看见过几个狐狸，不过它们都没有抱孩子。年轻媳妇问打猎的人：'狐狸是不是吃肉的动物？'人家回答她是。她说什么都完了，什么指望都没有了。一连找了三天三夜，不知迷了多少次路，结果什么也没找到。大伙又回到了果园里。再后来又过去了三个月，年轻媳妇有一天听到有小孩哭的声音，跑到摇篮那儿一看，她的孩子躺在里边，只不过比原来大了也胖了……不错，是她的孩子。全园的人都赶来看这个奇迹。人们从小孩子身上闻到了一股狐臊味儿，还从他的头发上发现不少狐狸毛。这回大伙更信着狐狸抱走了孩子，并且相信人家狐狸又送还了。年轻媳妇说：'就该着让咱孩儿遇上个好心狐狸啊。'园里上岁数的老人说，这一定是那个狐狸妈妈突然失了崽儿，奶子胀得慌，一急，就来偷个孩子喂上了。它的奶子不胀了，也就还了孩子。大伙都觉得这理儿说得通，从那儿以后，没有一个人再打狐狸。那片榆树林也让人觉得亲了。那个小媳妇后来站在渠边上嚷道：'你呀，你是个好心的狐狸，不过你差点没把俺吓死啊！……'就是这么个故事。"

宁子大气也不出一声。他仿佛看到了那个野物的善良的面容，看到了它怎样操劳……他伏在了窗子上。外面黑漆漆一片，风沙呼叫着。一股沙末扬在窗子上，如果不是玻璃阻隔，那么此刻他的双眼也就给迷上了。他相信就是这些不知疲倦的飞沙，覆盖了一个又一个美丽而又逼真的故事。那时候故事就在身边，就在林子里。

"榆树林子往南到底有多远，谁也不知道。我们反正记住了它是南边的林子，颜色发黑。我们跟它叫黑林子。那里边生了很多野眉豆、野菜豆，它们的秧儿就顺着树杈杈爬上去。走进林子，一会儿就能摘下一箩豆角。还有野西红柿，那种柿子模样奇怪，像小枣子那么大，一棵结上上百颗。这样的西红柿就像我说过的瓜一样，又脆又凉，鲜味儿顶鼻子。那时候园里做活的人很少自己种菜吃，都是到黑林子里去采。土豆、山芋，什么东西都有。那时都觉得小日子挺富足的，没觉得缺什么。那时的野花满地都是，黑林子里更多。这世上如果连野花都找不到地方开了，那这世头也就太可怜了。你想想如今有个好看的野花留下几颗籽，它们到哪里落脚？到大沙滩上？那儿一阵风沙就把它卷走了。落到远处的田埂上？种地的人一锄头就把它收拾了。房前屋后都有用场，没有它们的地盘。它们的好去处还是在林子里，在大树底下。那儿太阳不毒，风也不凶，大雨来了，先让树枝遮一遮。黑林子里蓝花红花，金的银的，什么都有。有一种花是黑的，粉茸茸的，谁见了都爱。我每次进黑林子都要采一大捧花回来，我的屋子里天天都有鲜花。孩子，相信妈妈的话吧，我们得想法给野花找个落脚的地方……"

屋子里沉寂了半晌。这会儿只有窗外的风沙声了。宁子声音涩涩地说："我们，动手在屋子前面建个花圃……"

母亲摇摇头："不行。我试过，风沙把花瓣儿都打残了……再说，哪有那么大的花圃？你可知道有多少种野花？那是办不到的。"她垂着头，使灯光照到了银白的头顶。她好像在看着自己的一双皮肤松弛的手。这样停了一会儿她说道：

"接上说我们屋子的北面吧——只剩下这一边了。往北走，是高高低低的沙岭，沙岭上生了林子。这一边和别处不一样，就是果园和别的林子界线不那么明显。你往前走，会看见榆树和槐树，也会看见杏树和桃树。直走到五六里、七八里外，才算见到清一色的大柳树林子。这才是最迷惑人的地方，是人们去得最勤的一片林子。别处有的，差不多柳树林里都有了。这儿动物又多又杂，猎人也多一些。果园里背枪那些老头儿差不多都是好猎手，不过他们是些守规矩的好人。他们都知道不守规矩的人没有好结果。这儿的柳树没人伐，自生自灭，有的老柳树中间枯了，积了泥土，泥土中又生出了新的柳树来。鸟儿最愿结伙到柳树林里来，它们一块儿落在树上，一些干枯的细小枝条都给压折了，我们那会儿就到树下捡这些干树枝，用它烧饭最好不过了。清早，到柳树林里去吧，大伙在那儿碰面，捡树枝，哈哈笑一阵，一天里再也不会心烦。柳树底下有一种野葱和野蒜，见了就顺手拔起来；柳树腰上还生一种圆圆的黄色东西，其实就是一种蘑菇，我们叫它‘柳树黄’。‘柳树黄’最喜欢野葱野蒜，合到一起蒸出来，上面会浮一层黄蒙蒙的油。那才是美味。这种种好东西捡也捡不完，因为林子太大了。哪怕一大群人一块儿进了林子，散开以后就看不见了。事情就怕翻过来——我说过我怕翻过来，像现在这样就是翻过来了。一大片树散开在人山人海里，看上去才有几棵树呀……人们在柳树林里做什么，如果不小心让什么划破了手，就要赶紧拔一株刺刺菜，把里面的绿汁滴到伤口上，血立刻就停了。要是伤口太大，那就得取树根草叶间的一种干粉菌子——它像小乒乓球那么圆，生在那儿，你揪起来，如果它成熟了，轻轻一挤就出来一些灰色粉面，敷到伤口上，就不疼不痒，几天就长好了。林子里什么都为人准备好了，只要寻找，就会合心合意。"

宁子想起一件事情，怕母亲忘了，就提醒说："不是过去有一个'黑湖'吗？人们都说它离我们不远呢。"

母亲点点头："它就在柳林里边。如今想想有点怪，当时可没人说怪。比如说它从来不干不涨，老是那么深——它可是在沙滩上啊，水该渗掉的。它一直那么旺。更怪的是它的水那么黑，又是透明的，见底见沙，鱼在里面游。那些鱼全是黑的，最大的半尺长，从来没人去逮。这个湖最里边不知有多么深，因为没人到湖里去。湖里有一个兽，有一回站在当心被人看见了，就没人敢下水。谁也不知道那是个什么兽，有人说是红的，赤红赤红；有人说是黑的，就像湖水一样。那个黑湖其实不算大，就像一个水库。不过大伙儿都叫它湖。人们去林子里常见那个湖。后来林子没有了，垦荒的人要整平土地，那个湖一夜之间就干了。它干了，其实是渗掉了，染黑了方圆十几里的泥沙。你现在往北走，还能见到那一大片黑颜色。这就是告诉后人，以前这儿真有个黑湖。"

宁子见过那片黑沙。他觉得奇怪的是，就是用墨汁染成的，这些年的风雨也该洗净了啊！这真是一种不能估测的天然的力量，永远让人费解。这个谜要藏到多久？

妈妈说下去："我就爱瞎琢磨。我老想：等到那一天老柳树林子再长起来的时候，黑湖又会生出来了。没有它，林子里的百兽到哪儿喝水去？那是它们自己的井啊。它们离开了，井就塌了。说来也怪，柳树林里最多的一种鸟不是别的，是乌鸦！它们多的像云彩，飞起来遮住太阳。是乌鸦染黑了湖水，还是湖水渍黑了它们的翅膀，没人知道。反正大家说：'没有办法的事，一块地方出产一种东西。'这儿的人没有去打乌鸦的，他们觉得这是柳林自己的鸟儿。后来有一个好吃懒做的人开起了烧锅，他到了半夜三更就背个口袋进柳树林去。他的烧锅不是牛肉驴肉，是乌鸦肉。这是无本生利的一桩买卖，他越做越起劲。你知道他怎么逮乌鸦？他在它们睡熟了的时候赤脚摸上树去，顺着枝杈往前摸。乌鸦都一个个蹲在那儿睡觉，一棵树上几十只。他怕惊动它们，知道惊动了一只，好几棵树上的都会飞走。他的手摸到乌鸦，就猛劲捏住它的脖子，拧两下掖到腰带上。乌鸦来不及吭声就给挂了一腰带，他再把这些死鸦装到口袋里背走。烧锅就开在柳林边上，黑色的乌鸦羽毛被南风吹到林子里，像盛开的一些黑花。这样过了半年多，报应来了。那个人被谁在夜间杀死，躺在烧锅边上，脖子给拧折了，就像他拧乌鸦那样……"

宁子长长地舒了一口气。

"再后来，柳树林里真的开满了一种黑茸茸的花朵，人们都说这是乌鸦的魂灵。这样的花在东边的杨树林里也有，不过不像这儿那样成片地开。我那时把这些黑花摘一大束捧回来，插在窗台的瓶里。你不知道这种花有多么香，那气味有点像丁香，也有点像菊花……乌鸦在柳树林里嘎嘎叫着，再也不安静了。这样一直到柳林没有了，黑湖没有了，乌鸦也无影无踪了……孩子，我讲完了，我把四周的林子都讲了一遍，不知你听明白了没有。"

"可是，"宁子干咳了一声，"这么多的林子到底是怎么给弄光了的呢？像变戏法似的……"

母亲摇着头："林子太大了，它是一点点被啄光的。这些三天三夜也说不完，你自己会明白的。你问的只不过是过去的林子，你问这房子的四周是什么样儿……那是让人迷路的大林子啊，数不清的野物。一万种鸟，一万种花草和浆果。到了秋天，林子里的红叶树像火苗一样烧起来。芦青河顺着渠汊流进林子深处，半夜里会听见水噜噜响……"

一阵又一阵风沙拍着窗户。风随着夜色奔跑，在冰凉的沙野里嘶叫。一股股沙末从窗子缝隙窜进来，迷了母亲的眼睛。母亲揉着眼，拉上窗帘，扑打着衣襟。

宁子一声不吭地坐着，后来扑在母亲怀里。他久久地伏着，像睡着了一样。母亲抚摸着他的鬈发、粗壮的肩膀和手臂。后来她捧着孩子的脸看着，发现儿子眼眶里嵌满了泪水。母亲吃惊地端量着儿子。他说：

"妈妈，我恨……"

"恨什么？"

"不知道。但是我恨！……"

生长蘑菇的地方

　　最近我去了一趟农村，遇到了一个人，就想起了自己过去的一个故事。

　　农村里真有些古怪地方，也真有些好地方。我的叔伯哥哥住在河边，又离大海不远，那儿玩起来很有意思。河里面有鱼、有鳖、有螃蟹，还有一片片的苇子。河岸全是树，柳树、橡树、杨树，什么都有，是片杂树林子。地上没有黑黏泥，全是细细的白沙，上面又生了密密的绿草，因而显得很干净。我十岁多一点的时候去过哥哥家一次，碰巧在河里逮了条二三斤重的鱼，因而总是留恋着那个地方。十八岁这年，社会上乱起来了，因为爸爸的缘故，街面上的一些"革命"青年时常要用拳头"教育"我一下。妈妈愁得没有办法，就对我说："你到哥哥家去住吧，在这里光要挨揍。"

　　十八岁，已经是有选举和被选举权的公民了。然而我不但丝毫帮助不了家里什么，还要挨揍。于是，我就又一次来到了河边的村子。

这是个初秋季节，田野里一片葱绿。芦青河快到了一年里水最旺的时候了，流得很响。岸上的林子里，各种鸟儿成天价不住声地吵，哥哥说庄稼和果子都快成熟了，它们是急着吃东西。我觉得很有意思。地上的青草长得很茂盛，里面夹杂着生出一簇簇的各色小花；你弯腰掐花的时候，又往往会从手旁的草窝里惊出一只野兔：玻璃球似的眼珠先向你转两转，然后箭一般射向远方……

村子里很忙。哥哥说这地方哪儿都好，就是每年里事情多一点。比如说在这个季节吧，别地方的人都是吃闲饭养神儿，准备积下劲儿忙秋。可这里就不行，这里秋季雨水大，一入秋就要忙着挖渠，提防秋田泡到水里。我问哥哥："不是有芦青河吗？怎么还要挖渠呢？"哥哥说："芦青河的水自己的肚子都盛不了，有时还要往外涨呢！"这真是个古怪地方。

哥哥一家人都在外边忙，我闲得有些不好意思。我对哥哥说："哥哥，我也去挖渠吧！"哥哥摇摇头："不行，你是外地人，干活也不记工分的……你要是闲得难受，就到林子里采些蘑菇吧。"

我提上了一个小柳筐儿。

为了采蘑菇，有时我要在林子里走上很远。我生来第一次知道，原来蘑菇也像花一样五颜六色：有红的、黄的、蓝的、紫的、白的、灰的……它们可以生在草窝里，也可以生在大树的半腰，生在小树的根上，生在白白的沙里；无论是橡树、柳树还是松树、槐树，都能生出肥肥嫩嫩的大蘑菇来。同时我还发现，它们都生在朽过的东西上面。凡是一株蘑菇，下面都有一截腐烂的树根或是草梗……大海滩是一眼望不到边的，在这块土地上，有各种的树、各种的鸟、各色的花，也有各种各样的蘑菇。我采呀采呀，慢慢在哥哥的院子里堆成了一个小山。哥哥和嫂子没事了就在这堆蘑菇旁边看着，他们说从来没记得有谁闲下工夫采过这么多蘑菇。哥哥喜欢地伸开那铁叉似的五根手指在蘑菇里摸索着，翻看着。有一次他的大手正在活动着，突然猛地一抖。我一看，原来他捏住了一片大大的、出奇美丽的粉红色的蘑菇。他放到眼前看了看，就小心地用两个手指夹起，"嗖"一下摔到院墙外边去了。他说："有毒。"

　　院子里的蘑菇吸引了好多的人。村里的人有的端着饭碗进来了，一边吃一边看。他们看蘑菇，也看我。有的说："大概全海滩的蘑菇全让他给采来了。"有的说："也怪，大小伙子哪来这么多耐性儿！"人群中有一个姑娘不服气地说："我要是专采蘑菇，比他采得还多。这有什么了不起？瞧他还成了'能人儿'呢！"

　　我顺着这声音一看，见她的鼻子上正蹙起好多道皱儿。那是瞧不起人的神气。这个鼻尖翘得很厉害，但是很好看。人们一会儿就走散了，但我还记得那个"小翘鼻子"。哥哥对嫂子说："就是捧捧的嘴厉害！"我听了，知道了她叫"捧捧"……夜里我琢磨：大概是她让家里人"捧"惯了，才这么瞧不起人吧？

天亮以后，门口涌来好多小孩儿，说是爸爸妈妈让我领他们采蘑菇去——反正都没有事儿。让个大小伙子成天和一帮扎朝天辫儿的一起采蘑菇去吗？我突然感到了一点受侮辱的意味，怎么也不提那个小柳筐了。我跟哥哥说："我挖渠去！我替你，你闲在家里好了……"

经再三要求，我终于扛上了他那把锃亮的大铁锨。

人们是在海滩上树木稀疏的地方挖渠的，准备让将来的雨水能顺着这沟渠流到海里去……挖渠的差不多都是年轻人，领头的是队长刘兰友。这个人有四十来岁，两只眼睛陷在里边，显得很深。他见我来到工地，就走到跟前端量着，好半天说了一句："你咋长这么白呢？"

四周的年轻人都笑了。我的脸一下子变得通红。

刘兰友又说："白点不要紧，我年轻时候就很白的。不过你在我手下干活，可得规矩点儿，不能跟姑娘们动手动脚的……"

我窘极了，心里真恨这个油里油气的队长。我突然闻到了一股雪花膏味儿，仔细一看，才发现刘兰友的脸上似

186

乎抹了厚厚的一层……

这天回到家里，我把刘兰友跟哥哥说了。哥哥骂了一句说："他就这么个东西！自己不正经，还得空就装样子训别人……不过这个人不坏的，他就这么个东西！"

在挖河工地上，每人每天要挖多少土方是固定的。队长刘兰友手里捏个皮尺，把未挖的渠道分成一个个长方形的格子。每人都站在一个格子上挥动着铁锨。我自然也分到了一个格子。我老瞅着这个白石灰画成的小格子笑。我觉得凭自己这身力气，挖掉这个小格子是太容易了。队长刘兰友干起活来只穿一个裤衩儿，这使我看到了他那出奇瘦削的身子。奇怪的是这么瘦的人竟有那么大的劲儿，那锨挥得飞快，一会儿就把格子掘了好深。我抬头看看四周，见所有的人，就连那些姑娘们也比我挖得快。刘兰友说："看哪，'白小子'搁到'岛'上了！"

青年人都笑了。有一个姑娘笑得特响，她就是捧捧。这个捧捧这会儿让我看清了：高高细细的个儿，那身条有点儿像运动员，十分健美。由于常年在野外劳动，脸上自然说不上白，但却丰润细腻，配上那个小翘鼻子，有股子特别的神气。她见我在打量她，立刻就不笑了，只轻轻仰起脸来，使小鼻子上又尽是细细的皱皱了……我用尽所有的力气削脚下踏的"小岛"，好不容易挖到黑黏土，地下又开始渗出水来，那黏黏的泥巴粘到锨上，怎么也甩不掉。刘兰友大笑起来。我觉得全身都在发烧。这时候我老觉得她——捧捧在看我，一抬头，果真碰上了两道明亮的目光。这目光是温暖的，我一点也不害怕。她看着我，又朝手里的锨嗷嗷嘴，然后握紧锨柄，"噌噌"几下，在黑泥上铲出一个方块块，再把锨板放进一个水洼儿里蘸一蘸，这才掘起那方方的土块儿……土块儿在沾了水的锨板上很滑，被她只轻轻一甩，就飞出了老远，锨上一点泥巴都未粘！我简直看呆了，仿着样儿做了一遍，顺劲儿极了！

休息的时候，人们在做着各种各样的事儿。年纪大一些的铺着破棉袄躺着。这里的人出外干活，常常带个破棉袄，据说能随地而卧，变天时还能包在头上防电。年纪轻的满海滩乱跑，跑到林子里摘酸枣，跑到海边上踩贝蛤。林子里，最后一搭儿蝉在树上鸣叫着，惹得捧捧踮手踮脚去捉它们。她那样儿就像捉迷藏。我看她那只伸出来捂蝉的手，又小又胖，手背关节处净小肉窝。这样一双手怎么那样能干活儿呀？

有一只蝉爬在高处，她捂不着，就用期待的目光看了我一下。我走了过去。因为打篮球练过弹跳，我就像投篮儿那样，一下子弹跳起来，飞快地将那树半腰的蝉捉了下来……我回身给蝉的时候，发现她正愣着神儿，脸儿红红地看着我。她把蝉接到手里，只用食指和拇指捏住一个翅膀，让它飞动着。她说："多好啊，多好啊，你飞去吧……"说着，那蝉就自由了，"吱"一下飞向了蓝蓝的天空，钻得很高、很高……

我奇怪地看着她，她却笑眯眯地看着空中的蝉。她收回目光的时候，又一次用力地瞥了我一眼。她说："哎呀，跳得真高，你跳得真高……啧啧！啧啧……"

她跑开了。

我直直地盯着那个苗条的身影，盯着她飞进绿绿的林子深处……当我低下头来的时候，我突然发现脚边就有一簇儿嫩嫩的蘑菇！啊，我欣喜地蹲了下来。蘑菇，我亲手采了多少啊，我简直跟它有了特殊的感情。我小心地把它采下来，嗅着它特有的清香的气息，又珍惜地放到了衣兜里……小鸟儿四下里唱着，林中那无数片宽窄不同、颜色不同的叶儿刷刷地抖着。天真蓝哪！天空里，鹰飞得好高啊！我弯腰撷取着野花儿，一枝一枝，归结成一大束，我摇动着鲜花向前跑去。我跑着，又看到了一种小叶儿很密、上面生了一层小茸毛的草棵儿，就顺手揪了一把，玩着走向工地……

人们从四面八方走过来，劳动又要开始了。我这时突然觉得身上发起痒来，伸手一抓，痒得越发厉害了。刘兰友过来看看，立刻鼓着手掌嚷："哈哈，他碰上'痒痒草'了，瞧，他手上拿着'痒痒草'！"我赶紧把手里那个小叶儿草抛掉了，又去河边洗了手……我想：这儿的大海滩多怪啊，还有"痒痒草"！

这天回家的时候，我手上已经磨起了两个大泡。哥哥说："你累吧?"我说："不累。"我说的是真话，我真的没感觉到累。

大海滩哟! 你宽广、神秘，最富有传奇色彩。每天里，多少飞禽走兽在奔跑、飞翔、鸣叫、追逐，有多少人在密密的林子里寻觅、采摘、挖掘。大海滩太广阔了，润湿而温暖的气候，使每天里有多少东西在腐烂，又生出多少新鲜而美丽的蘑菇! 每当我穿过大海滩，奔向工地的时候，心里就有一阵阵说不出的冲动。这儿是喧闹的，又是宁静的。这常使我想起我的家，想起母亲那被愁苦和忧虑绞扭着的脸。那儿是寒冷的，因为我爸爸的缘故，有人要用拳头和棒子来迎接我……但愿我能永远生活在大海滩上吧!

在挖渠工地上，我慢慢找到了朋友。年轻人需要知道一些外地的新鲜事儿，我则需要他们的友谊。捧捧的弟弟也在工地上，名字叫"老国"。这个老国长得黑乎乎的，样子有点像小人书上画的"军阀"。他虽然刚有十六七岁，但却膀大腰圆，那肥胖的屁股看去像扣了一个洗脸盆。我不愿相信他就是捧捧的弟弟。但这分明又是真的。每当我看到他们坐在一起，笑嘻嘻地分吃一块烙饼的时候，心里就有一股奇怪的感觉：不是厌恶，不是嫉妒，好像只是觉得惊奇，觉得不十分谐调……

刘兰友故意将低洼的地方分给我来挖——这样要省好多力气的。我心里开始感激他了。我差不多完全忘记了刚来时他给我的不好的印象。劳动时，捧捧常常是很爱说话的。但我近来好像总听不到她的声音了。她只是用力地挖着土，使劲地甩着锨。她变得沉默了，也能干了。我有一次看她的时候，发现她也正在看我。她碰到了我的目光，就使劲甩了一下辫子，那道灼热的目光也一块儿给甩没了。

我像害怕什么似的，总不敢抬头。但有一股非常执拗的力量，使我总想瞅空儿看她一次。一颗心跳得很急，那跳动的节奏是愉快的、兴奋的，也含了一丝儿小小的惧怕。我停止了掘土，轻轻地用手擦着脸上的汗——擦汗的手挡去了一只眼睛，另一只眼睛却看到了她那热烈的目光！她看着我，咬着唇，笑了。那笑是羞涩的、甜甜的……碍碍褒原来是这样好看哪——在她笑的时候！我也笑了。大概谁也没有察觉。

我觉得自己真是一个男子汉。我有宽宽的肩膀，我有结实的肌肉，我有海滩猎手那样的勇猛。一张大大的铁锨握在我的手里，就像握了一把小铲子一样轻松，那沉重的土块也仿佛失去了原来的分量，被轻轻一甩就滚开老远。

渠下的水渗出来了，土缝儿里，脚丫儿窝，到处都是水流儿，那铁锨插在泥土里，掘一下，清清水流会欢快地蹦跳起来，溅到我的身上、脸上。这是挖渠吗？这是劳动吗？这是在大海滩上干活吗？不，这是写一首诗、一支歌……

中午，大家要在海滩上吃饭、休息。年轻人全趁这个时候到海里洗澡、挖蛤蜊去了。捧捧也去了。我去得稍晚一点。在海里，小伙子只穿一个小裤头儿，姑娘们只在浅一点的水里，高高地挽着裤腿儿，花衣服依然穿在身上。他们都用脚在沙里拧着，如果脚下有个硬硬的东西，那一般就是蛤蜊了。小伙子踩到蛤蜊，从水中捞出时常要放眼前看一看，如果略小一点，就会喊一声："去他的！"大臂一抡，"砰"一声，摔到了远远的深海里。姑娘们踩到一个就新奇地"哎哟"一声，哪怕是最小的，也要珍惜地保存起来。我注意到，她们盛蛤蜊的小口袋和兜兜儿都是鲜红的塑料绳儿织成的。捧捧偏没有站在浅水里，而是站在比小伙子们那儿浅、比姑娘们那儿深的中间地带。她踩呀踩呀，总也不吱声儿。谁也不知道她踩了有多少。

我没有踩蛤蜊，我老在游泳：一会儿仰游，一会儿侧游，那温柔的水浪抚摸在我的身上，暖融融的。我透过波涌间的低谷望着捧捧，心里说："你是在踩蛤蜊吗？你很会踩吗？你踩蛤蜊真的就比得上我采蘑菇吗？"我不知怎么又想起了她在哥哥院子里说的话，想起了她那打了细细

192

皱纹的小翘鼻子。正想着，捧捧在一边叫了一声什么，还向我招了一下手。我赶紧游了过去。

原来她踩到了一个大蛤蜊，水太深了些，她取不上来，求我帮一下忙。我在她身边扎下一个猛子，在她的脚下取了蛤蜊。这时，一双胖胖的小手伸到了水下，我慌忙将蛤蜊塞到了这双小手里，一个猛子扎开了老远……

赶海的人们是容易疲劳的，人们从海上回来，匆匆地吃了饭，就在树荫下睡着了。姑娘们差不多都铺着一块漂亮的塑料布，躺在柳荫下……我和老国他们睡在一起，整个中午只听他那粗粗的鼾声了，怎么也睡不着……住了一会儿，刘兰友最先爬起来了，他大约要招呼人们起来上工了。可是他没有喊什么，只是蹑手蹑脚地走到熟睡着的姑娘们身边，先蹲下端量一会儿，然后伸出那只又沉又大的手掌来，按在她们脖子下边，就势往下一捋，嘴里发出满意的一声："嗯——"姑娘们爬起来就骂、打，用沙土扬他，他只嘻嘻地笑着。我看他走到捧捧面前，只用脚轻轻地碰碰她的身子，招呼一声："上工了！"

"他不敢动捧捧。"我想。

晚上回到家里，哥哥说："你已经替我干了这么多天，还是让我去吧！"我着急地大声喊着说："不！不用你去！我要去挖渠！"大概由于我喊得太急、太响，使哥哥和嫂子都吃了一惊。哥哥连忙说："去吧，去吧，愿去就去吧，没人拦你的。"

这天傍晚，我很想唱一支歌。我最先吃过了饭，来到了院子里，大口地呼吸着清甜的空气。这风多么湿润哪，大约是从芦青河边吹来的。满院子里摆满了蘑菇，这都是我前些日子采下来的，如今都快晒干了。我想，关于蘑菇，可不可以编一首歌呢？那歌儿开头也许会是这样的："蘑菇，蘑菇，生在大海滩上……"

这个夜晚，显得很长。我睡了一觉，醒来时天还是灰蒙蒙的。我坐了起来，从窗子里往外望去。我最先看到的是放在窗下的那把铁锨，锨板儿在星光下发出一片淡蓝的光。这光色使我想起海岸那密密树林缝隙里的天空，想起那轻轻荡着浪涌的海水……

天亮后来到工地上，我第一眼就发现，捧捧的辫梢上多了一小朵粉红色的野菊花。队长刘兰友看见她从后背上搭下来的黑油油的辫子和辫梢上的花，就慢慢地闭上了一只眼睛。他说："农村人儿，一般讲来，有点雪花膏抹抹也就可以了……资产阶级思想儿……侵蚀……"

他说着转过身去，利落地朝旁边的人一挥手："干活，干活了，都立着干什么？看西洋景儿吗？"

就在他转过身去的时候，捧捧看了我一眼，然后蹦跳着向着渠边走去。她拍打着手掌，嘴里嚷着："噢哟！噢哟！干活啦！干活啦！"

她真欢乐，像个小鸟儿。

踩蛤蜊，留给了我甜蜜的回忆，可蛤蜊吃起来是怎么个味道呢？

我们在休息时，支起了几块干木条烧起来，将刚踩来的蛤蜊烤着吃。刘兰友只有两三个蛤蜊，却丢进蛤蜊堆里说："烤烤一块儿吃吧。"老国撅着屁股用力吹火，那张方方的、满是横肉的脸上抹满了黑灰。蛤蜊一个个烤熟了，我们就首先投给姑娘们。刘兰友悻悻地对她们说："你们吃吧，你们脸上搽了粉，他们都是冲着香味儿捧的。"说着又扭头吐我们一口："呸！没出息……"

正烤着，由于不小心，我将一点火星溅到了老国脚边的破棉袄上，那棉花立刻冒起了烟。我赶紧用手扑打，结果还是烧了拳头大小的一个洞！老国一见，再也无心吹火了，一下子扑到上面，捧起一捧沙子就往洞洞里放，等看清那火早已灭了，才狠狠地骂了一句。我的脸烧了起来，觉得很对不起老国。他骂着，越骂越凶，最后竟然用手点划我的鼻子……我的目光不由自主地在人群里寻找她的眼睛：她正看着我和她弟弟，那表情木木的。人们都在看着我，我有点忍不住了。正在这时候，刘兰友突然喊了一句："看摔跤比赛啊！"

老国猛地抱住了我的腰。我愤怒地和他扭到了一起。这个粗粗的汉子有的是憨力气，但远不如我灵活。他扳住我，脸憋得通红，一双大手抓在我的腰上，使我觉得像一双钝口的钳子钳住了我。一股羞愧和恼恨的火焰在我心头燃烧，我不顾一切地反击着，用尽一切手段对付着这个牯牛一样的东西……等我把他笨重的身子"噗"一声放倒在地上的时候，旁边的人，特别是刘兰友，"哗哗"地鼓起了掌。

老国躺在地上，那脚还在狠劲儿往上踢，这提醒了我"战斗"还远远没有结束——我赶紧用力按住了他。按住了，再怎么办呢？就这样按着吗？似乎还应该打他几下吧！但我不知怎样打才好一点。我着急中想起了小时候淘气，母亲打过我的屁股，于是就拿过了老国踢掉的一只鞋子，"啪啪"地打开了他的屁股：一下，两下，三下……当我举起鞋子要打第四下的时候，我猛然看到了捧捧那双尖利的眼睛！她站了起来，向我猛地一指说："你不要脸！"

她在骂我！骂什么？骂我"不要脸"——这是指我曾向她笑过、曾在海里接受过她的友爱吗？我的脑袋嗡嗡响着，那只举起的手颤抖了一下，鞋子一下掉了下来……

老国却瞅准这个时机，照准我的一只眼睛，狠狠地挥起了拳头。一阵眩晕，我跌倒了。那只眼睛一时间什么也看不到了……旁边的人乱起来，刘兰友大喝了一声："老国！你个臭小子，怎么能打人的眼睛?!"

我紧紧地捂着眼睛，止不住的泪水从指缝儿里流了出来。我听旁边有人说："他哭了，哭了……"刘兰友"哼"了一声："伤了眼睛能不疼吗?!"

我的眼睛一阵阵地疼痛。但我绝不是因为它才流泪。我的心在疼，这是别人无法看到的……

这天回家，我跟哥哥讲因为走路不小心，撞在了一个树枝上，眼睛被碰了一下……哥哥半点也不怀疑的，只责备我"毛手毛脚的"。我跟他讲再也不想去挖渠了。为什么?因为……我太累了。哥哥笑着对嫂子讲："我早说他会累下阵来的嘛!"又对我说："你还是去采你的蘑菇吧!"

我就重新提起了那个小柳筐儿。

我成天蹒跚在大海滩的密林间，就像做过了一个不祥的梦，我的心老在不安地跳动着。"不要脸"三个字一直在我眼前晃动。我在无声地追问："难道不是你向我送来甜甜的微笑、伸出温暖的小手吗? 在我的心目中你曾经多么美好，像春天里第一次摇动绿枝的南风那样温柔! 可是就因为一件破棉袄，因为我和老国的一次打架，你竟突然变得如此冷酷……这究竟为什么呢?"我认真地在树丛草间寻着蘑菇，排遣着心头的烦闷和懊恼。我不知疲倦地采摘、采摘，一筐一筐地背回去……很快，哥哥的院子里，又有了一堆新鲜的蘑菇。

我曾想过，一个地方有一个地方的理解，"不要脸"三个字也许不像我自己认为的那样坏吧？于是我偷偷地问嫂子是什么意思。她正在灯影下纳鞋底，听了我的话，赶忙用锥子在头发上抹了两下，红着脸说："我也不清楚……大概和'流氓'差不多吧！"

我吓了一跳！

海滩上，鸟儿凄清地唱着，树叶儿在风中轻轻弹拨，发出一阵低沉的和声。芦青河日夜奔流，那水浪声传过来，使人从中能听出一些愤懑。采吧，采吧，哥哥，我要给你采成一座高高的山，我要给你把满滩的蘑菇都采回来！

可是这天我回到家里的时候，发现哥哥的脸色不像过去那么好看了。他看看院里堆起的蘑菇说："采这么多有个什么用？你闲在家里算了！"

我惊讶地说了一句："多好的蘑菇呀……"

哥哥看了我一眼，转身进屋了。

吃过饭后，他一边卷着一根纸烟一边对我说："我都晓得喽。刘兰友全告诉我了。你那眼哪里是树枝碰的哩！"

我没有说话，一颗心怦怦地跳着。

他看了看嫂子，然后生气地盯着我说："为这种事被姑娘指着脸骂，你受得么？年纪轻轻就不学正经。你要是再不正经，就不要来这里住吧……"

夜里，我和衣躺在了炕上。我在苦苦地回忆着、思索着。我想：她也许过分宠爱她的弟弟了，但这也碍不着我们的友谊啊！也许她有时也以为这就是"不要脸"吧？也许她也认为这是一种"见不得人的友谊"，所以才这么容易地抛弃？想到这儿，我的脑海里突然划过了一道闪电，似乎明白一些了……我一想起哥哥那张阴沉沉的脸就有些害怕，知道这个家里并非理想的避难所，这儿是不欢迎一个"流氓"的。我分明是不好再住下去了，可我到哪里去呢？我从炕上坐起来，伏在窗上向外看着，又看到了立在窗下那柄闪着淡蓝光色的铁锹……我走出了屋子。

啊啊，好亮的一天星斗呀！初秋的夜，水汽很重，院墙边上的青杨树上，不时甩下来一点露滴。院子正中，高高的一堆蘑菇散发出一缕缕清香。我蹲下身子，伸手抚摸着它们，想象着我一个个地在草丛间采摘、寻找的情景。我曾多么欢快地采过蘑菇，多么用心地采过蘑菇呀！我要跟这些蘑菇告别了。我轻轻地抚摸着，抚摸着，最后伏在了蘑菇堆上，一汪儿泪水再也忍不住了，两手捂在脸上哭了起来……我想，还是回去吧，回家吧——一想到这儿，我马上想到了那些辱骂、欺凌，想到了那些高高举起的棒子和拳头……可是，尽管有这些在迎接我，我还是要回去。因为我仿佛感觉到在这大海滩上，似乎有比棒子和拳头更可怕的东西……

我决定要走了，马上就走。我给哥哥留了个小纸条，然后就顶着星光上路了。我走得很急，要在天亮之前赶到县城搭车的……

　　十几年一晃就过去了，我三十多岁，结了婚，如今已有了一个孩子。我自从那次离开芦青河边，就再也没有去过。我非常想念哥哥和老乡们。这年，也是一个秋天，我终于来看哥哥了。

　　令我吃惊的是，进村遇到的第一个人，就是捧捧。她正站在街口，抱着孩子晒太阳，见了我，先一愣，接着热情得了不得。她大概完全忘掉了过去的事情，我却一下子触起了好多的往事……我发现她依然还是那么美、那么羞涩，身上还是有一股别人所没有的神气……

　　哥哥是用蘑菇招待我的。做菜时，他专拣粉红色的、样子十分美丽的那种。我想起了他用两个手指夹起蘑菇摔掉的情景，说："这不是有毒的吗？你摔过。"他笑了："没毒。过去总以为长成这样好看的就有毒。错了，没毒。"他说着掰开一个放我鼻子下让我嗅，说："闻闻，特鲜特鲜！"

　　吃饭间有说不完的话。他大约也忘了我被人打坏眼睛那一段往事，我也就不提它了。但我还是问了那年挖的水渠怎样了？他笑笑："不成，不成，白费力了，水来了照样排不出去……"我笑笑："不是常说'水到渠成'吗？"他听了苦笑一声："那要看在什么时候、什么地方。这地方淤沙太多，风一起，挖成了也要堵死的！"

"淤沙太多……"我思虑着，在心里一字一字重复了一遍。

我又特意问到了刘兰友。他说："还是队长！人老了，不过老了也好，老掉了不少毛病……这个人还不坏，顶能干的……"嫂子也在一旁点着头："就是，就是。"

我问："大海滩上还有那么多蘑菇吗？"

哥哥点点头："怎么会没有呢？这地方气候好，水汽重，有些东西腐烂起来也快，就净生些好蘑菇了……"

是的，没有腐烂就没有新生，人，应该好好研究一下那些鲜嫩的、美丽的蘑菇是怎么生长出来的。

我最后要求哥哥领我到大海滩上采一次蘑菇。他同意了，连连说："成，成。"

狐狸和酒

在海滩大平原上，有一个人物是真正让人嫉妒的，他就是神奇的酿酒老人——照儿。照儿能用发霉的瓜干和红薯梗酿成一种棕色液体。它黏稠醇厚，伴着人们的口舌，直传到方圆几百里远。

照儿长得十分矮小，面颊有灰，双目无光。他的额头上满是皱褶，胳膊很长，两腿极短。他能够让人想起澳洲的袋鼠。他走路也像袋鼠，往前一蹦一蹦，双手得意地在膝盖那儿悠荡。

他到田野上去时，总不忘随身带一个紫穗槐编的大筐子，两手不停地往里面捡拾红薯梗和散落的瓜干碎屑。

他的老婆比他年轻十几岁。有人说这是他四十岁那年，用酒把南山的一个老人蒙骗了，才娶来了人家的女儿。女人长得不算好看，却出奇地讨人喜欢，人人都想用手动一动她，至少是跟她开句玩笑。

照儿每年把酒酿好之后，分盛几个大酒坛里，在厢房一溜儿摆开。这些酒越放味道越好。每年他就用这些酒换回一些粮食。但他从不用它卖钱。这些酒，用他的话说，主要是结交朋友用的。

在这个地方几乎家家酿酒，可是没有一户人家敢说他的酒比得上照儿家的。照儿家的酒好，这是没有争执的一个问题。至于他究竟用什么办法酿出了这么好的酒，却没法研究。

在人们的记忆中，似乎照儿的父亲就可以酿出好酒。他的爷爷呢，他的老爷爷呢，也都是酿酒的好手。显然美酒来自传统，来自一个特定的家世。他们的历史就是一辈一辈酿出来的。

这个地方有很多狐狸。在传说中，也许就在现实生活中，狐狸长到一定的年纪都成了酒鬼。它们挨门挨户地偷酒，还要评头品足议论不休。海滩平原上有无边的丛林和茅草，狐狸可以藏身的地方太多了。所以偷饮美酒的狐狸也越来越多。它们往往把魂灵附在一些女人身上，说出它们的醉话。有一个老婆子喝醉了，在街上呼喊，说谁家的酒我都喝了，就是没有喝过照儿家的酒，照儿家的酒可馋死我了。人们当时就怀疑这个老婆婆是被狐狸缠住了，因为人们明明记得她喝过照儿家的酒。她说没喝，那是附到她身上的狐狸的意思。

照儿家的厢房总是挂着一把铁锁，任何人都不得进入，处处由照儿经管着。他年轻的老婆叫小雷，小雷身上也有一把钥匙，可是常年不用，已经锈迹斑斑。因为小雷一个人在厢房里活动的时候，照儿总是有些不痛快。照儿觉得那些狐狸们早晚要来对付他的酒，染上骚气。所以他心里十分警觉。有一天他到野外去打柴，一路走着，听见一边的树丛里有吱吱叫唤的声音。他料定那是一大窝狐狸，就从路旁捡起一个石块，猛地抛了过去。只听到长嘶一声，蹿出五六只，往四下里逃去。照儿哈哈大笑。

可就在那不久，他的女人病了。她躺在炕上手脚抽搐，不停地说着胡话，嚷着："狠心的照儿打了老娘的脚背，老娘路都不能走，一瘸一拐的，你得给老娘一碗酒喝。"

照儿心里恨着狐狸，就不停地打小雷。小雷被打了一会儿，全身无力地蜷在那儿，大气也不敢出。照儿又有些心痛她，在一旁注视着，用一个湿手巾给她揩额头、手脚，揩全身。他这才发现下手太重了，小雷身上青一块紫一块。他就从厢房里取了一碗酒，把小雷唤醒，让她喝下去——小雷立刻眉开眼笑。照儿突然发现她那么好看，一笑两个眉梢弯曲着，眼角往上吊着。他忍不住，把她抱在怀里说："你不该和狐狸交成一伙，你看我过日子容易吗？东跑西奔，还要酿酒养活你，你到现在连个孩子也没有。"

小雷听着，哈哈地笑起来，然后把手按在炕上，仍然一蹦一蹿的，照儿大叫一声说："狐狸！"

小雷仍然嘿嘿地笑，朝他做着鬼脸。照儿心里想，怪不得她刚才那么好看，那是狐狸才能做出的妩媚啊！

他请了一个有法术的人。那个人进了门来，小雷立刻缩在屋角。照儿这回对那个判断更加自信了。小雷在屋角抖着，那个有法术的人声音很低，但是十分威严地问道："你还敢不敢再来照儿家了？"

小雷说："我不敢了。"

"好，那你走吧，如果再来，我就不客气了。"

小雷说："我走，我走。"说完，一下子就躺倒了，接下去就是酣睡。

她一直睡了两天两夜。醒来的时候，小雷又像过去一样了，只是浑身没有一点力气。

照儿无比怜惜地握着她的手，一块儿到田野里去做活，说了无数温暖的话。他说："你不知道你前些天是多么吓人哩。"

小雷什么也不记得了，只是觉得身上像刚刚卸下千斤的石块似的，又轻松又疲乏。她说："我是病了，我大病了一场。"

打那以后，照儿再也不敢得罪狐狸了。他认为狐狸的报复心是非常可怕的。他故意把一坛酒放在厢房外边，故意把一坛酒打开盖子，还把厢房的锁打开。他想，这一坛酒喝空了，它们也就不来骚扰我了。

有一天，他听到了一阵鼾声。打开厢房的门一看，见一个银色的大狐狸喝醉了，躺在酒坛一边，口吐白沫。照儿扳起昏迷的狐狸脸看着，见它闭着眼睛，嘴角的白沫把胡须都弄脏了。他于是取来湿手巾，给它擦去嘴上的脏东西，又把它的脸抹得鲜亮，就轻手轻脚地退开了。

这一年春天，正是照儿家的酒开坛的时候。他的酒每年春天都吸引了无数的人。有的前来品尝，有的用粮食来换酒。每个春天，小雷都是照儿最好的帮手。他们俩把酒坛小心翼翼地抬到院子里，抹去上面的灰尘，用一个粗泥碗倒出一点，先由辈分最大的老人仰脖儿饮下去，喊一声"好酒"，然后才开始给其他来客饮用。

可是这年春天，小雷还没有来得及和男人把酒坛搬出来，她就疯痴起来：不停地尖叫，那声音一下子变得无比陌生。邻居们听了都从墙头上探出惊恐的脸来。小雷变得难以辨认了，也更加妖媚了。她在院子里跳动着，又推开院门直向着街上、向着田野奔去。

照儿从来就是原野上奔跑的好手，他扔下手里的一切，追赶着小雷。可是他渐渐发觉，自己这一次远远不是老婆的对手。老婆今天突然跑得飞快飞快，难以接近。照儿长长的两只胳膊在身侧展开，平衡着矮小的身体，一摇一摇像个陀螺一样在地上旋转。他觉得小雷这一次疯痴不比往常，好像有更加不祥的预兆，在暗示着什么。

他喊着：

"小雷！小雷！"

小雷只偶尔回身做个鬼脸，一直往前疯跑。奇怪的是她在野地里旋一个好看的圆弧，又折回来。而照儿就沿着她跑的轨迹往前追赶。村里好多人都跑出来，大家用手指点着那个疯女，议论纷纷。

那个有法术的人不知什么时候也赶来了。他喊住了照儿，走到他跟前指点着："如果不是狐狸附身，她能跑这么快吗？"

照儿说："我看也是。"

有法术的人往前走了几步，用霹雳一般的声音喊住了小雷。小雷抖抖嗦嗦。有法术的人也不答理小雷，只转身往前走去。小雷却乖乖地跟上他，往家里走去。

到了屋里，照儿把小雷扶上炕头，让她平躺着。有法术的人坐在小雷跟前，用冷冷的目光盯住她。小雷两手挡在眼上，手一闪开，看见了面前这个阴冷的男人，就"呀"一声大叫，重新挡上眼睛。就这样躲躲闪闪，直到半个钟头，她才渐渐一声不吭了。

有法术的人问："你是从哪里来的？"

小雷嘿嘿一笑："我是从野地里来的。"

"你来干什么？"

"来喝酒。照儿的酒好，上次我一口气喝了两大碗，醉倒在厢房里。"

照儿痛苦地拍打膝盖："没良心的东西，我为你准备了酒坛，打开房门，你喝醉了我还用湿手巾擦过你的脸。"

小雷说："就是啊，我这回又喝醉了，你看看我满嘴酒气。"她说着，向照儿哈出一口气来。

照儿果然闻到了浓浓的酒香。有法术的人大喝一声："放肆！"小雷这才停住嬉笑。有法术的人对照儿耳语了几句，照儿面有难色。停了一会儿，照儿终于两手抖着从衣柜里找出了一根缝衣针。他们动手给小雷脱下衣服。小雷挣扎着，死也不肯。有法术的人使个眼色，照儿就用膝盖压住了她。他们好费力地为她脱了上衣，又脱了下衣，脱得一丝不挂。

小雷颤抖着，一会儿用手捂住这儿，一会儿捂住那儿。天有些冷，她冻得抖动不停，不断地求饶。有法术的人手持银针，在小雷的身上到处寻找。有一个地方像是鼓起了气泡，在皮下缓缓游动，有法术的人眼疾手快地一把攥住，然后把针插上去。

小雷猛地大嚎了一声。有法术的人问："你还敢不敢了？"小雷说："再不敢了，快放了我吧。"

"你到底从哪里来的？"

"从野地里。"

"什么地方？"

"从村边上那片树林子里，一棵老槐树下面，一个洞穴。"

"行啦，"有法术的人对照儿说，"你领上人去吧，我在这儿看着。"

照儿应声走了，他叫上邻居几个小伙子，找到了老槐树。果然有一个洞穴。挖开了洞穴，里面只有一团茅草，一半鸡翅膀。照儿像受了骗，回来了。有法术的人一看照儿的脸色就清楚了。他重新质问起小雷，小雷说："我说实话，我在村东的枯井里。"照儿再没等待吩咐，领上几个人就去了。

他们到了村东，果然看到了一口枯井，可是里面是汪汪的水，根本不可能藏下什么。

有一个青年不放心，用双齿长柄抓钩在水里搅了一会儿，只绞上一截破烂的草绳。他们提着草绳回来了。有法术的人眯上眼睛对她说："那你就不用打算我放开你了——你到底藏在哪里？"

小雷说："我藏在野地里，我藏在树林里，你们去找吧，我就藏在树林子里。"

照儿有些失望地看了看有法术的人。有法术的人使个眼色，照儿也就领上那些小伙子到田野上去了。他们找啊，找啊，直找到太阳快要沉落的时候，才两手空空地回来。

当他们回来的时候，小雷身子底下流出了碗口大的一摊血。那个有法术的人心肠比铁还硬，他抄着手坐在一边，就这么看着小雷流血。

照儿一看到红色的黏稠的血液，再也忍不住了，泪水从两颊滚落下来。他叫着"雷儿，雷儿"，两手要把她抱起来。可是小雷脸色蜡黄，一声不吭，鼻息已经十分微弱了。照儿哭着，伸手就要拔掉小雷身上的针，可是有法术的人阻止了他。照儿恼怒地用手把他推开，不顾一切地把针拔了出来，给她捂住了伤口，把她抱在怀里。

有法术的人说："那你等着狐狸以后来糟蹋你们吧。"

照儿说："我不怕。"

有法术的人快快地离开了。照儿把小雷抱在怀里，拍打呼叫，小雷就是不吭。照儿哇哇地哭出声音来，像一个老太婆那样哭着，嘴角弯得很厉害，泪水从眼角流到嘴角那儿，又流进嘴里。他说："小雷，我害死你啦，你就算是个狐狸，我也不再打你了，你回来吧，你回来吧，我再也不打你了。"

他这样号哭着，不知多少人围住了他们的屋子。一些老婆婆被这个场面感动了，伸出黑乎乎的手指去抹眼睛。老婆婆们的抽搐声又引发了一些男人的泣哭……

照儿忘记了小雷是赤身裸体的，就这么抱着她，让乡亲们看着他老婆洁白的、光润的肌肤。

一个老婆婆哭着，这时一睁眼看到了小雷身上一些青紫的印痕，就伸手指着："这是你打的吗，照儿？"照儿点头承认："我打的，可是我那会儿是打狐狸。"

老婆婆跺一下脚说："该死的照儿呀，多好的老婆，你把她打成这样。你打狐狸，你能打得着吗？你的手打下去，狐狸就躲到了小雷的身后，你是打在了小雷身上，这个还不知道吗？"照儿恍然大悟地点点头："我明白了，就像打孩子，一掌打下去，孩子躲到了妈妈的身后面，这个手也就打到了妈妈身上。"

老太太仍然跺着脚，"就是啊，就是啊，你能打着狐狸吗？"

照儿后悔不迭地拍打着老婆，等待她转醒过来，可她还是没有转醒。那些小伙子们也非常难受。刚刚不久他们还跟着照儿去找那个狐狸，这会儿都一声不响了。他们这样呆了一会儿，突然一双双眼睛都一块儿放出光来。因为他们亲眼看到小雷的鼻孔那儿活动了几下。他们认真地看着，有的还伸手到小雷的鼻孔那儿试试呼吸。这时不知是谁提议倒上两碗好酒，温热了给小雷喝下去。一碗热平平的酒顺着小雷的嘴巴灌下去。只灌了一碗，小雷就知道吞咽了，第二碗酒简直是她自己喝下去的。她喝了几口，竟然吐出几个清晰的字来："好酒啊，我又一回喝到了照儿家的好酒！"

端酒碗的那个人手一抖，一碗酒都泼在身上。照儿沮丧地说一句："还是狐狸！"

小伙子们重新端来了酒，给小雷喝起来。小雷酒量大无边，竟然一口气喝了四大碗。四碗酒下肚，她睁开了那双明亮的眼睛四下看着，见到自己赤裸的身子，脸红了，伸手抓到一个花布单罩到身上。

照儿觉得这双眼睛像多少天以前见过的那么美丽——眼角微微有些吊，眉毛往下弯着，好看极了。照儿把她抱起来，认真地用花布单缠了缠，像扛一个什么东西那样耸到肩上，扛到了屋子里的另一间去，把一伙人撇在外边。小雷的两脚在他身上蹬着，嚷叫着还要喝酒。照儿说："喝不得了，喝不得了！你是醉哩。"

小雷说："我不会醉，我不会醉。"

尽管这样，照儿还是把她锁到另一间屋里。他拍拍手走出来，让乡亲们回家。

大家离开了照儿家，可是并没有走远。他们都认为照儿家还会出什么事的。

果然，当照儿重新打开那间屋子的时候，小雷竟然从屋里跳了出来，照儿拦也拦不住。她的头发披散着，只穿了照儿给她硬裹上身子的一点衣服，在田野上奔跑起来。她赤着脚，头发被风吹得飘到了脑后，裤角在风中可笑地抖动。她一边跑一边疯唱。那歌词奇怪到了极点，没有一个人可以听清，但又都觉得十分好听，就像一串银钱被一根线绳提着不停地抖动，发出了清脆悦耳的声音。

她一边奔跑，一边回头向人们微笑。大家似乎都被这微笑引诱着，指引着，跟她往前跑。她跑啊，跑啊，直跑到海边。她在蓝色的大海边站了一瞬，又重新折回。她折回去的时候，迎着人们的脸喊了一句："多好的酒啊，你们看这些酒。"她的手向着大海扬了一下，喊完，又重新向另一个方向跑去。有人对照儿说，她在找自己的"窝"，兴许你老婆一开始就不是一个凡人哩。照儿对这句话也有些信了。他的眼睛红肿，两颊上的灰尘被泪水洗干了，这时竟然像年轻人一样鲜红。他看着小雷渐渐消失的那一片树林说："狐狸都藏在里面，它们就在那里面进进出出……我后悔没有一杆枪！"

有人问："有枪你敢打小雷吗？"

照儿一瞪眼，那人不说了。照儿说："我有一杆枪，非把狐狸全打干净不可。那一天我用一块石头伤了它们的脚，从那会儿起，种下了祸根……"

有人不以为然地摇摇头："真正的祸根是酒，你的酒太好了，引来了狐狸。"

照儿一声不吭。他一个人朝树林走去了。

大家看着他消失在林子里，都没有再往前移动。

照儿在林子里找了很长时间，没有发现小雷。他于是走回家去，从厢房里扛出了一个大酒坛。他把酒坛扛到丛林里，一边走，一边往地上洒酒。洒上了大半坛，然后把酒坛立在那儿，坐在坛边。他想酒香四溢的原野上很快就会出现一些奇异的景象。

　　他想得不错。只过了一会儿，就有大大小小的动物从林子里面跑出来。它们在地上嗅着，尖声嚷叫着。一会儿有更多的动物——其中很多照儿从来也没见过——它们身上长满了奇妙的斑纹！他还以为是自己的眼睛花了呢，揉一揉，再揉一揉，去辨认。这些陌生的无比漂亮的野物，原来都藏在这片林子里。它们从来也没有跟我们打过照面啊，它们在默默地过自己的生活！各种动物在林子的空隙里尽情地游戏了一番，就离去了。可是照儿似乎没有看到狐狸。

　　又停了一会儿，一个穿着破衣烂衫的人出现了——照儿一眼就认出她是小雷。她的衣衫都被林中的棘荆划破了。他喊叫着老婆，希望她能迎着他奔过来。可小雷站在远处，迟疑地往这边注视了一会儿，才慢慢地走过来。她刚走到他身边，被照儿一把抓住。

　　小雷语气淡淡地说了一句："你下手好狠。"

　　照儿不由地把手松开了。她指着地上问照儿："这不是咱家的酒坛吗？"

照儿说："是啊。"

"那你为什么扛到这儿来？我满鼻子都是酒味，莫不是酒泼在了地上？"

照儿高兴得快要哭出来，拍了拍她的肩膀说："是呀，是呀！"

小雷说："你真不会过日子，这是我们自家的酒，你怎么扛到这里来呢？走吧，我和你抬回家去。"

照儿迷惑地望着妻子，点点头说："好好。"

他们把酒坛抬起来，艰难地一步步走回家去……

从那儿以后，照儿再也没有酿酒。

于是，我们海滩平原上最好的一种美酒，从此也就失传了。

采树鳔

　　如今的果园是自己的了。松松一想到这上边就笑。她笑自己十三四岁的时候,夜间和一群小伙子结伙来果园里偷果子。那时候看果园的是大胡子老鲁,领了一条狗。她记得一伙儿人刚刚摸进果园里,狗就叫起来了。大家慌慌地转身就跑,谁也不顾谁了,她落在最后边,跑着跑着就急哭了。后来跑开老远的大个子大壮记起了她,又跑回来,把她抱起来就蹿。狗吠落在后边了,完全没有危险了,可大壮还是抱着她。大壮喘息着,亲了她一下,把她放下了。

　　她忘得了那次偷果子吗?

　　上初中的时候,她常常走神。她功课不太好,可是还没人说她不聪明。她的一双眼睛清清楚楚地告诉了别人她是聪明的:明亮、深邃,透着一种少女的含蓄。她的眼底潜藏着十四五岁时留下的那个秘密。

　　初中毕业了,她没有考上高中。

她回到集体果园劳动了。第一天，她曾经寻找过来这儿偷果子时走过的地方，心里泛起一股说不出的滋味（完结了，美妙的学生生活！）。她可以天天吃果子了。然而这果子不是偷来的，似乎也不如想象中的那么甜。

人在他（她）更年轻一点的时候，应该偷个果子。

一闪又是几年过去了。这期间松松的父亲有了这片果园，松松也像雄心勃勃的父亲一样兴奋。就在这一年，那个大壮考上了大学。走的日子里，松松多想跟他说点什么，可大壮就那么走了。

把别人的高中亲没了，自己却上了大学——松松想大壮是天底下最自私的一个人。她决心不去想他。

父亲领着松松在果园里做活，无非是剪剪枝、修修土埂，说不上怎么累。如果到了收果子的时候，父亲就找来很多人帮忙。一大伙人在园里忙来忙去，嘻嘻哈哈，很有趣。这使松松想起了上学的日子、偷果子的夜晚——那都是火暴暴的时光啊。松松欢乐中又感到缺了点什么。

人们都跟父亲叫"老道"——他年轻时候上过一次崂山，回来时就老道长老道短，而且走路也用力甩手，人们觉得真正的老道也无非如此。人们喊："老道，你今年发大财了！""老道，这个园子算让你看准了！"……

松松闲下来就喜欢攀到树上。在高处，她可以望到一片原野。她如今 18 岁了，个子又高，紧紧地贴在树木的粗丫上。她从树上下来时，那个粗树丫还热烘烘的。如果是杏树、桃树或李子树，她就能发现上面有一块块透明的胶状硬块，心里咕哝一声："树鳔！"就扳下来，装到了小口袋里。

树鳔到底有什么用？她也不太清楚。她母亲过世早，她是跟奶奶长大的。她记得奶奶就喜欢收集树鳔，积攒了一个抽屉，还告诉她：造纸厂里就收购这些东西。但松松不记得哪家工厂来收购过。只见奶奶将树鳔泡化了，用来粘窗纸、糊木箱里子。

松松也喜欢树鳔的色彩，它们有的金黄，有的洁白，都那么晶莹透亮，可爱极了。她知道树鳔都是从树木的伤口、裂缝中流出来的——一想到这上边，她的心就猛的一动。她觉得树鳔绝不是平平常常的东西，它或许是大树干涸凝结的血液和精髓……

奶奶装过树鳔的那个抽屉装满了松松的树鳔。她采呀采呀，做得有滋有味儿。她只是喜欢。她从来没想过用它去卖钱。

老道有一次找东西，拉开了松松的抽屉，不禁大吃了一惊。他问："你弄这些干什么？你手痒痒了……"松松回答："造纸厂要来收购呢，到时候你看吧。"老道笑了。

他想松松的心可真细密。不过他可不指望用这点树鳔赚什么钱啊。如今他正生活在畅快的时候，有着各种各样的计议。他没有跟女儿讲过，他甚至想请来一个木匠，做一套漂亮的组合家具呢。老道笑着。

松松还是常常攀到树上。树木被太阳晒得热烘烘的，她的身子就紧紧地贴在上面。遇到树鳔就抠下来放进小口袋，遇不到也就算了。有时候她伏在一个粗粗的树丫上往下望，稍稍有些发晕。她有时觉得自己就像骑在大马背上。

老道在园里做活，如果发现女儿不在了，就习惯地仰起脸往上望。他说："大姑娘家整天缠在树上，像个长虫！"

松松不出声地笑。

"把那些东西扔了吧！"

松松闭上了嘴巴。她的手不由自主地捂紧了小口袋。这些东西都是透明的、闪亮的，你能扔了吗？

她从树隙里往外望着大片的原野，像走了神似的。有人在远处活动着，有马车在细细的小路上移动。这一切都是另一个世界里的，他们与果园没有任何关系。她似乎在企盼着什么？她不知道。

有一棵老李子树结了不知多少李子。老道那么喜欢这棵树。它身上也常常渗出又大又亮的树鳔来，让松松惊叹不已。有一次下起小雨来，淅淅沥沥下了三天。雨停下来，松松走到了园里。她从老李子树身边走过，一下子惊呆了：它身上挂满了闪亮的树鳔！她站在那儿，直瞪瞪地望着它。后来她轻手轻脚地走近了，伸手搭在树干上。她看得清清楚楚，所有的树鳔都是从老树的裂缝中流出来的。她看得心都揪紧了。

松松以后每走近这棵老李子树都要停一会儿。她对父亲说："这棵树快死了！"

老道看也不看女儿一眼，咕哝一句："胡诌！"

松松知道自己的判断没有错，因为她知道树鳔都是树木流出来的最宝贵的东西。她心里有些可怜那棵老李子树。

不久，老李子树真的死了。老道看着这棵树，又看看一边的女儿，嘴里发出不解的一声："哼？"

老道费力地挖出了老李子树的躯体。多粗大的一棵树呀。他把这树的细枝丫全除去了，只留下一截粗粗的树干。它后来归到了那堆干木材一起 —— 老道把所有老死的树木都放在这儿，正盘算着用它们打一套漂漂亮亮的组合家具呢。

香喷喷的果子味的秋天快要过去了。树叶飘飘落下的时候，老道不知从哪儿请来了一个木匠。木匠十分年轻，顶多有二十岁，长得很利落，还穿了一条牛仔裤。松松见了他，有些高兴。可是老道的脸阴沉着 —— 他请的是小木匠的父亲。木匠就像中医，还是老的好。老中医又讲阴阳又讲气，老木匠耳朵上边夹个铅笔。

小木匠叫"小班"。他很爱开玩笑,来了没有几天就跟松松开玩笑。他不停地用刨子刮木头,松松给他做下手。小班有时故意将松松的名字套在里边,吆喝一声:"松松垮垮的,立定——!"

松松这时真的两手并拢,站直了身子。

小班在光滑的木头上用墨画道道,拐尺一抖,量一量,再打个叉叉。松松看得出神,头快要触到木板上了。小班小声对她说:"这里面有数学。"他们这样的时候,老道走过来喊:"松松远些去,碍手碍脚!"松松站起来,伸手指一下画满了墨道的木板:"这里面有数学!"

那些死去的果树都被锯成了木条和木板。老李子树被锯开的时候,松松觉得身上一阵阵疼痛。这一天,她忽然想到了什么,高兴地领上小班到她的卧室里去了,拉开抽屉,让他看那些闪亮的树鳔。小班愣了好长时间,说:"好东西!"

锯木头的时候,松松坐在低处,小班坐在高处,两人合拉一个锯子。休息的时候,小班直眼瞅着松松看。松松觉得脸上发烫,一转脸,小班赶紧把目光移向别处。松松有些不高兴,问他:"你干什么?"小班说:"看看!"

这些晚上,松松不知怎么老是想到大壮。她认定:如果不是因为那次他们合伙去偷果子,她一定也会考上高中,考上大学。那样她就不会呆在果园里了。她想恨那个偷果子的夜晚——可就是恨不起来呀。

老道一个人在园子深处忙些杂活，偶尔才来看看年轻的手艺人。

一件件家具开始进入组装阶段了。小班的样子十分神气。松松说："这些树死了，又给你做成了家具！"小班说："它们这会儿就不是树了。你得说：一个衣橱、一个大立柜——你得这么说。"松松点点头。停了会儿她突然问了句：

"你知道它们都是怎么死的吗？"

小班抬起头，摇了一下。

"是这样——"松松从衣袋里摸出了一块树鳔，"它呀，一丝一丝从树木的裂口里往外渗。后来干结成这样了，你看看吧——它原来像血液一样在树的身上流着，树才活。树鳔都从树的伤口里渗出来了，最后，树也就死了。"

小班不出声地蹲下来。他接过那块树鳔看着，又迎着阳光照一照。后来他返身从工具箱里摸索出一块黄亮的木胶，掂了掂："树鳔原来和它差不多。"

这天小班让松松把抽屉里的树鳔拿来一些，他支起一口小铁锅熬起来。树鳔一会儿全化开了，小班就用汤匙舀了，往家具的榫缝里灌。灌满了，还要加上楔子。

两个人一起忙着，松松十分愉快。

她觉得这是在做一件了不起的事情。树木在风风雨雨里把皮肤皲裂了，血流尽了。他们这会儿把这些最宝贵的东西交还给大树。松松看着树鳔汤汁一丝丝地渗入缝隙里，心里一阵阵宽松。她相信它们又开始转活了。

老道发现了树鳔的用场，兴奋地去看自己的女儿。他说："你呀，嘿嘿，真行。"

一件件家具神气地立起来，瞅着屋里所有的人。老道用手拍拍它们，它们发出声音。松松想象着那些树鳔正滋润着它们，在全身的脉管和肌肤里周流不息。"这些家具都是活的，爸。"她抚摸着说。老道点点头："可不！都是活的。组合家具嘛，并到一块儿行，分开也行——都是活的。"

松松再不言语。

晚上好月亮。小班也许劳累了，很早躺下了。松松在冰凉的园里走着，脚尖不断踢碎土块。父亲白天将树木周围的土都翻掘了一遍，并且故意将土块立着。她知道他的用意：让冬天的雪在土地中多滞留一些，以解春旱。他默默无声，看似平淡无奇，其实是好手段，这些她全知道。她走在园里，后来干脆就爬上一棵树。月光透过树枝，花花点点地落在她身上。树皮又凉又滑，她的手按在上面，感到了树皮下有什么在缓缓地流淌。

不知在树上坐了多长时间，她有些疲累了。从树上下来时，她一下想到了大壮：他此时此刻在那个陌生的大学里正做些什么？想不出，就慢慢往下移动。一个滑溜溜的东西碰到了手掌上，凑近了一看，见是一块又黄又大的树鳔！她有说不出的高兴，费力地、有滋有味地将它扳下来，在月光下端量着。

它很大，全透明。它的当心，天哪，还藏下一颗珍珠……她愉快地呼吸着园里的空气，滑到了地上。

她捧着这颗树鳔回到了屋里。她在灯下观察了一会儿，又想给小班看看。小班就在隔壁，她站到门外，用肩膀轻轻地碰开了门——小班闭着眼睛躺在那儿。

"你睡了吗，小班？"

"睡了。"

"你骗我吧？"

"哪能。"

松松坐在床边上，看着小班的脸。他真像睡了一般安静，鼻子、眉毛一动不动。后来她终于看出小班的嘴角隐藏着一丝笑意，就捏了捏他的鼻子。小班打了个哈欠，猛地睁开眼睛。松松说："你看看多大的树鳔吧。"小班的头在枕头上转一下，眼睛瞅着松松手掌里那个晶莹的东西。他的目光很平静。松松说一句："里面有一粒珍珠。"小班掀了被子蹦起来，抢过树鳔，把灯弄亮，仔细地研究起来。

他只穿了条短裤，身上的肌肤在灯下闪亮。也许是不停地用刨子、斧子的缘故，他的两只臂膀粗楞楞的好看极了。松松不眨眼地看着灯前的小班。她似乎闻到了果子的香味。

小班失望地转过脸说："里面是个气泡。"

松松毫不吃惊地接过来，滑到了口袋里。

小班看起了松松，咬着嘴唇，两手在胸前不安地活动着。松松说："还不睡进被子里，看冻着。"小班点点头，却跳起来，击了几下拳，又啪地打了个飞脚，才钻进被子里。他微微喘息着说："我会功夫啊。"

松松没有应声。屋里一阵冷清。她慢慢坐到床边，两腿悠动着。后来她问了句：

"你知道大壮吧？"

"他是谁？我怎么能知道他……"

松松微笑着："也不用管是谁。告诉你吧，大壮可有劲了。"

"净替他吹。"

"你是不能信啊。你不信呗。"

松松要走了。她离开床的时候，伸手将小班的被子掖紧了，又按一按。在做这些的同时，她心里温暖极了，胸间升起了一种庄严的情感。她恍恍惚惚记起了母亲给她夜间盖被子的情景……她转过身去，小班在床上不停地翻滚；她迈出门去，小班在屋里大喊一声什么……松松轻手轻脚地回到自己的房间里去了。

这天晚上她睡得香极了。半夜里她做了一个梦：她采了数不尽的透明的树鳔，堆成了小山；它们全是五颜六色的，有的蓝、有的红，呀，色彩斑斓。她坐在了小山之巅。后来，小山竟缓缓地融化，渗入土地，又生出一片红红绿绿的树林——她、小班、大壮、父亲，都在这片林子里穿来穿去。

早晨，老道起得最早。他收拾着地上散乱的木头，又把院子扫了一遍。松松起来了，一会儿小班也到院里来了。老道问："夜里小师傅像是喊了一声？"小班的脸有些红。松松也问小班："你喊了一声吗？"小班摇摇头："我不记得。"

家具差不多全做好了，剩下的活儿就是上油漆之类。松松平日里采下的树鳔才用去了三分之一，她有些不高兴。好像它们全应该融化了，渗入木质里才好。她把这个想法告诉了小班，小班摇摇头："你这是从满园里采来的，将来满园的树倒下了——别怨我说话难听啊，它们早晚都会倒下的——那时候这些树鳔全归到老树身上，也正好用完。"

松松睁大了眼睛："能那么合适吗？"

"正合适——哎呀，你的眼睛真好看啊。"

"一点也不剩吗?"

"剩什么——松松,你对我不太好。"

松松愣了一下:"你说什么呀!"

小班"哼"一声:"说什么!那天早晨你爸问我为什么夜里喊叫,你也跟着问。你什么不知道?你也问。"

松松捂着嘴笑起来。

家具全都油漆好了。它们亮闪闪地站成一排,像长出了眉眼,骄傲地注视着四周。老道两眼明晃晃地围着它们转一圈,用手弹击着它们的腰部。

小班的任务完成了。老道说:"回家跟你爸说,就说我说的——你儿好手艺。"小班严肃地点点头:"'你儿好手艺'。"

老道走开时,松松不高兴地斜他一眼:"你跟我爸不正经说话。你该说'我记住了',你故意学他,你!"

小班笑笑,但收了笑容时脸上有些苦涩。

他该离开果园了。但他的工具散在院子里,似乎也不急着走。老道对他说:"功夫不金贵,就再住几天。"他说:"不行,我得走了。"话是这样说,他还是没有走。

松松见了他,似乎不像过去那么亲热了,只是客客气气,话也少了。小班皱着眉头,去收拾工具箱。松松帮他给一件又一件工具擦拭灰尘。小班头也不抬,咕哝着:"还是那句话:你对我不太好。""又怎么了呢?""我要走了——我走了你还能见着我吗？你连句话也不愿说了！"

松松转过脸去，一个劲地笑。

小班突然大喝一声："松松垮垮的，立定——！"

松松抖动的肩膀立刻平稳了，飞快地转身，两脚并拢打个立正。她那么严肃，看着小班。她的眼角里似乎有什么东西在闪亮。

夜晚，隔开一道墙壁的两个年轻人都睡得很晚。小班躺在床上，两眼望着屋顶。望了一会儿，他伸手击打着墙壁："咚、咚、咚、咚！"他连续了两遍，倾听着。一会儿，那边也在击墙，也是相同的四声。后来他又击了一通，对方仍然是那么回应。

天亮了。小班搓着发红的眼睛，一见到松松就小声问："听见我打墙吗？"松松会意地一笑："你那是打了一句话。"

小班望着她。

松松说："你那是告诉我——'明、天、走、了'！"

小班抿了抿嘴角。

松松又说："我也是打了一句话——'给、你、树、鳔'！"

小班再没说什么。停了好长时间，他伸出手来说："我们再见了。"握过手，他又进屋找老道话别去了。

小班出来，松松拿来一布袋树鳔。她递给小班说："全

给你。这是我一点一点积成的。你用得着。"小班将布袋
打开，用手抄起一把看着。这都是上好的树鳔，有的洁
白、有的金黄，像玻璃那么闪闪亮。他小心地合上袋口，
收下了。

小班走了。

果园里无比安静。父女两个合计了一下，把一套崭新
的组合家具放在一个大间里。老道让女儿睡在里面。

松松日夜都能嗅到淡淡的油漆味儿。夜里，最安静的
时候，她老觉得它们在看她。一天深夜，她梦见它们伸出
老手，嘀嘀笑着掀开被子去抚摸她的身体。这天夜里她再
也没有睡着。后来，她又听到这套组合家具里面有咳的声
音。她从床上坐了起来。

白天，她打开每一件家具看了，发现里面除了一些木
屑，什么也没有。

可她还是害怕，就让父亲夜里来做伴。这夜里它们又
响起来，松松说："你听！你听！"老道笑着走到它们跟
前，听了听说："这是接缝的地方响——大约新家具都要
响响的。它们刚刚变成了柜子什么的，筋骨不顺。"

第二天晚上老道就回自己屋子去了。尽管松松明白了
是怎么一回事，夜里一听到声音还是有些害怕。如果小班
还在就好了——啊，小班，自己采了那么多的树鳔，就像
是专门为他准备好了似的——他把树鳔化开，灌进木头的

缝隙中，使它们重新有了血脉，有了精气。

松松盯着立在墙边那一溜儿高高大大、放着淡淡光色的东西，心想这不是别的，这是些复活了的精灵啊！

果园里空旷得很。地上积满了落叶，父亲就在落叶上蹲了，不停地忙着，松松什么也不想做，从这棵树边踱到那棵树边。老道看看女儿，叹息了一声。后来他说："松松啊，你做点什么吧，人要是闲了，偏偏就不自在。"松松看看父亲，没有应声。

这天傍晚松松对父亲说："爸，现在园里也不忙，我想出去做点什么——啊？"

老道说："做点什么？再说你自己出去我也不放心。"

"以前园里那么多人……如今就剩我们俩了。"松松拧着手。

"果子都是我们俩的呀，傻孩子！"

松松摇摇头，又摇摇头。她说："我反正得出去干点什么呀。老呆在这园里就会……"

她不言语了。老道问："会怎么？"

松松咬咬嘴唇："死。"

老道蹦了起来。他喘息着，直眼盯着女儿。这样停了好长时间，他才长长地吐了一口气："孩子，人闲了就偏不自在——你爱做些什么就做些什么吧——你不是喜欢采树鳔吗？你只做你喜欢做的罢。"

那些崭新的家具夜间仍然响着。"这些精灵！"她在心里叫一声。这个夜晚她默默地回忆了大壮，还想到了小班。小班如今又在哪里了呢？他带走了那么多树鳔，还不知弄出多少新的精灵呢！

松松白天又开始采集树鳔了。不久，她的抽屉里又满是一些晶莹闪亮的东西了。

蜂　巢

春天就要从这片荒野上消失，天气将一点点变得炎热。大片大片的槐花开放了，浓烈的香气覆盖了一切。放蜂人从四面八方汇拢而来，帆布帐篷在草地上一座连着一座，弯弯曲曲绕了几里长。蜂群拥挤着，从帐篷间隙涌出，急不可待地扑到山一样的槐丛上。

蜂箱砌起了一道城墙。

蜂群有时卷成一个筒状，往天上旋，像故意做什么游戏。它们翻过一片槐林，落到更远的槐林上了。

一个脸色发黑、又粗又矮的汉子提着一块爬满了蜜蜂的东西，那是巢脾。他伸出一根手指在密集的蜂子间轻轻推动，立刻刮去了一层。巢脾那种规则的六角形闪出一片。

一个像他一样粗壮的女人正提着一桶蜜，摇摇晃晃往一边走。她瞟了一眼脸色发黑的粗壮汉子，鼻子里吭了一声。她把蜜桶提到了帐篷里，只露出一半脸，喊着：

"老班！"

老班提着那个沾满了蜜蜂的巢脾往前走了一步。

女人朝他摆一下手，老班就把那个巢脾放到蜂箱里。

他拍拍手，从衣兜里摸出一个黑胶木烟斗叼上。

女人把一桶蜜倒在一个更大的桶里，坐在那儿揩手。
老班走过去。女人问：

"你刚才干什么？"

"什么干什么？"

"就是刚才那一会。"

"啧，"老班大吸一口，"我在摆弄那个东西嘛。"

"……"

老班不出声地笑，紧咬烟斗，脸上立刻出现了一道下
流的皱纹。他伸手在胖女人额头上抹了一下：

"我刚才琢磨了一下巢脾……一群蜂里就有一个王。
看见了吧？那家伙天生就肥大，所有的蜜蜂都要围上它做
事哩。王就是王。所有的蜂都必得围着王……"

肥女人有五十多岁了，皱纹不多，似乎有点浮肿。
她的眼睛已经瞪不圆，眼皮松得厉害。可是这双眼睛在
十几年前还是很妖媚的。她咕哝着："王……就是王，就
是王……"

老班胖胖的食指在她脑壳上又抹了一下，转身到蜂箱
跟前忙去了。他没有忘记把烟斗熄灭，装到了衣兜里。

胖女人像咀嚼什么东西一样磨动牙齿，看着外面的老班。她这样注视了一会儿，提着蜜桶走出帐篷。她的身影慢慢消失在一片槐林里。

槐林的另一面同样立着很多帐篷。一个穿着粉红色衣服的姑娘在那儿搅着什么，见了胖女人，赶忙放下手里的活计。胖女人从衣兜里掏出一把东西给了她：

"小芬子，吃了吧。"

"不！"

"我费了好大劲儿才从那个村子弄来，你吃了吧，管事。"

小芬子咬着牙关，摇头。

"那个……该死的东西！"

小芬子说："你快别说了，这不关你的事。"

胖女人说："你知道什么？我的话没有错。你用鼻子嗅嗅我身上的肉，你嗅啊！"她说着真解了衣怀，往小芬子跟前凑。

小芬子推开了她。

胖女人坐在那儿，手里抓紧了沙土。一会儿她脸上滚下了泪珠。小芬子重新搅起东西，忙起来了。

胖女人哀求什么，咕哝：

"没良心的东西啊，金明多么好，他死了，你就一点不难过……"

"难过又能怎么？难过也不能老哭啊。我哭了多少天，这还不够吗？"

胖女人紧盯着旁边那个帐篷。往常就从那个帐篷口走出一个十九岁的小伙子。他多瘦，多精神。队伍从江南一路往这边赶，一踏上这个半岛，两顶帐篷就常常挨到一块儿了。头儿老班有一天对金明说：

"我看你还是养好那群蜂子吧，你手头有多少蜜？还想喂别人……"

金明手里握了一把小刀，这把刀被他磨得雪亮。他听了并不答理，只是"砰"的一下把刀甩到了前面的一棵树干上，然后过去费力地取下刀子。

老班走开了。

金明从衣兜里摸出一个铝制小烟斗。那个烟斗前边拉了一个奇怪的弯，而且烟杆很长。他叼在嘴里吸一口，舒舒服服喷出一口烟。

小芬子坐在一边，一直看他们。老班喘着粗气从她跟前走过。

小芬子像是自语说：

"多准……甩到哪儿是哪儿。"

老班身后留下了一串又深又大的脚印。

"像一头老野猪……"她又说。

前不久的夜里，还有一头野猪摸到她的帐篷里，用力

235

压在她的身上，呼呼喘。小芬子推不动它。它獠牙弯弯，硌她的胸部。"大约就是这对獠牙的缘故，这片荒滩上放蜂子的人都要怕它了……"她在最后的那一会儿直想哭。它一声吼叫，那些前来劫蜜的人就吓得魂不附体。

老班也许亲手杀过人啊。有人说几年前他还年轻，曾一口气杀了三个劫蜜的野人。后来他带着一伙放蜂人远逃他乡，官府也没法追究。

野猪常在半夜钻到一些帐篷里，奇怪的是大伙都睁一只眼闭一只眼。日子过到今天，出了个金明，他才第一回把野猪从她的帐篷里赶跑。

小芬子真快活。

可是就在她夸过他的刀法不久，有一天金明正在割蜜，突然蜂群反了！先是几十只蜂子勇猛地扑过来，接着又是一大群。金明慌慌喊叫，拼命扑打。只一会儿，他的脸就肿得变了形。

小芬子吓得掩口，傻了。

整整一大群蜂子都沾到了金明身上。

小芬子想起用一件衣服扑打，奇怪的是蜂子死也不顾地蜇起金明，不理不睬小芬子。金明躺着，后来又站起，简直就像一个蜜蜂做成的躯体。

小芬子扔了衣服，捂上了眼睛。一会儿她听见了沉重的呼叫声，像是从土底下发出。人倒下了。

金明死得好可怕，整个身子像发酵的面粉一样鼓胀，青一块紫一块，有的地方还流出了黑血。他当天就被放蜂人埋掉了。

小芬子哭得死去活来。

老班卡着腰站在一边。后来他走近了，一只肥大的手在小芬子头顶轻轻敲了三下，又迈着沉重的步子消失在槐林里……

胖女人数叨着小芬子。那会儿小芬子不愿说出心中的隐秘。

金明刚死，野猪又在帐篷里钻来钻去了。

一天半夜，老班正在月光下走，突然林子里跳出了一个人，她揪住老班胸口的衣服，死劲拧着往怀里拉。老班想动手，发现是那个胖女人，就哼了一声。胖女人手一抖，松了。

"野猪……"

老班吐了一口。

"我求求你了。"胖女人跪在地上，"别人我不管，我跟你说过，她有九成是你自己的孩子……"

老班又吐了一口："呸！我还不知道你那心眼吗？"胖女人绝望地哭起来。老班嫌脏似的用袖口揩掉她落在胸前的泪水："你那会儿来往的人多了，想蒙我……"

老班用最腌臜的字眼骂着胖女人，伸腿把她蹬到一边，回自己的帐篷去了。

胖女人整整哭了一宿。

第二天，月亮好亮，胖女人在星月的照耀下往槐林深处走去。槐花的香味熏得她老想呕吐。她依偎在一棵槐树上歇了歇，又往前走。有一片很齐整的茅草，她在上面躺了下来。肥胖的身躯压在了一条蛇的身上，蛇蜷动了一下跑走了。胖女人睁眼望着星星，想起了一个人。那个人是她以前的男人，一个身材弯曲、不像样子的老头儿，外号叫"老锅腰"。老锅腰带着一伙人放蜂子，已经十几个年头了。后来老班来了，教会她怎样恨老锅腰。老锅腰发狠揍她，他揍人真是一把好手。他有几个坚硬的指甲，就用这指甲去掐她的肉，把她弄得血迹斑斑。她几乎没有办法战胜老锅腰。还是老班帮了她。

"你看看我怎么整治他吧。你让他跑开、还是让他死呢？"

"把他赶开，再也不见……"

"那中。"

老班斜披了一件衣服，喝了一碗米酒，摇摇晃晃去找老锅腰。老锅腰当时正弄蜂巢，见了老班眼也不睁。

老班说："你从今天以后，离开这一伙，重入新伙去吧。简单收拾收拾，到明天日头出来的那会儿，别再让俺看到。"

老锅腰像被烟呛了，大咳起来，说：

"那么你就等日头出来再看吧。"

"你是个好伙计。"老班说。

第二天早晨，老班掀开了老锅腰的帐篷——老家伙牢牢地压住了胖女人。老班大喝了一声，胖女人抬起头来。这时老班才看清：她的四肢都被老锅腰用绳索捆起来了。老锅腰歪着头笑起来。老班走了。

第二天他塞给胖女人一个小瓶子，里面装了一种药膏。

胖女人回到家里，在黑暗中把药膏抹在了老锅腰的衣服上。

老锅腰一觉醒来，穿上衣服到蜂箱那儿割蜜去了。刚站在那儿没有多会儿，就有一群蜂子围上了他，它们发疯一样往他的脸上蜇去。老锅腰在地上滚动，像球一样旋转。那群蜜蜂越聚越多，慢慢把老锅腰全部遮住，就像一层落叶遮住了黑色泥土一样。老锅腰的号叫声由大到小，渐渐像线一样细了。

他最后死的时候，锅腰也挺直了。他本来瘦骨嶙峋，可是最后也胖起来了。人们都害怕看到这样的身体，于是很快把他埋在了沙滩上。

大约有两个蜂群因为奸灭老锅腰而全部毁掉了。

胖女人一直用手捂上了眼睛。她的手掌慢慢往下滑动，当手掌从嘴巴上离开，就咕哝出一句：

"真是报应……"

她坐在草地上，惊恐地问远处的夜色："她真是我的孩子吗？是，是……"她问着，又一下躺倒了……

这个夜晚剩下的一点时间，胖女人就在草地上躺着。露水打湿了她的衣服，她一动不动。

就在这同一个夜晚，老班奇怪地失眠了。他躺在那个最大的帐篷里，用力伸展四肢。这个夜晚好像在等待什么。他等待着一个奇妙的想法。这个想法实际上早就有了，但奇怪的是它老要从他的脑袋里飞开去，像蜜蜂一样卷成筒状，飞到老远老远的槐林那边。那真是一个妙极了的想法，这样美妙的主意他一辈子也没有太多。他想那个胖女人病得好重，该是从根医治的时候了……那时候嘛，先好好亲她，抚摸她，夸夸她，然后悄悄给她抹上一点儿，她那件又脏又破油迹斑斑的衣服也要……老班一笑就露出黑色的獠牙。

这片草地上就有，但不易找到。那是一种植物茎叶，还要再配上一种紫色的花朵。

老班这个晚上一直琢磨的，就是那种植物，那种紫色的花朵。他决意在天一放亮时就到林子深处去。这样想着，他迷迷糊糊睡了一点。

胖女人在黎明时分被冻醒。她睁开眼，突然看到不远处有一个人笨模笨样在寻什么，一颗心咚咚跳起来。她马上钻进了更密的一丛茅草中。

老班在寻什么呢？

她在茅草的空隙里把老班看得一清二楚。这个粗壮的、结实的汉子啊，不知不觉间已经完全衰老了。这家伙如今有七十岁了。他可远比一般人强壮，腰背不弓不弯，气色也好。他呼吸粗壮，像一头健壮的老猪。他的头发白了多半，眼睛也略有昏花，瞧这会儿不得不使劲低头，辨认着地上的一切。

"老天爷，千万别让他先找到那种草哇。"

老班刚刚转过，胖女人赶紧爬起来。她想起的第一件事就是要赶在前边找到那种植物——还有那紫色的花朵。

她踉踉跄跄往前跑，伸长的脖子像羊。

她突然跳了起来。她差不多毫不费力就看到了那种植物——旁边就是一些紫色的花朵。

"天意天意！"她把它们紧攥在手里，忘情地呼叫。

天上有几个老鸦一叫，嘴巴里的几根枝条松落下来，打在她的头上。她来不及抚摸一下打散的头发就一扭一扭往帐篷里跑——一边跑一边把东西塞进嘴里，咀嚼不停。

她把嚼成的黏糊糊吐在手心里，紧紧握起拳头。她在帐篷角落找出了一个小瓷钵，把掌心里的东西抹到里面，然后又严藏起来。

那个男人大喘着从林子里钻出来，头上沾满了衰败的槐花。胖女人一眼就看出这个男人脸上有了死相。"不错，他活不久了。"

老班走过来问：

"你咕哝什么？"

"我呀做了一个梦，梦见有一群乌鸦落在你头上。"

"胡诌！"

"落在你头上，那不是一个吉兆。"

老班干笑两声，露出一对獠牙。他眯起眼，嘴唇努得很长，乜斜着胖女人。胖女人在围裙上擦擦手，抓起老班的左手：

"给你看看手相吧。"

老班让她看。在他的印象里，这个女人至少给放蜂人看准了两次。一次她说有个放蜂人将有一次劫难，结果不久之后的一个大风天里，有人把他的蜂箱点着了火，熏死了好几群蜂子。还有一次她说一个结实的壮年汉子有凶相，两天之后那人就在海里淹死了……这会儿老班半信半疑让她看起来。胖女人把脸上的一点灰土揩了揩，两眼快要抵到他的手上，说：

"你的寿限到了，看看这里横着来了两道，寿线断了。"

老班像狮子一样吼：

"断在哪时哪刻？"

胖女人仰起脸，眯着眼睛：

"日头升到枝梢那会儿……"

老班像咽下一口什么东西，喉咙里发出咕咚一声。

他们两人睡得很好。

太阳出来了，老班穿起衣服往外走，他要到远处一个蜂群那儿去看看。胖女人擦擦眼角，去叫上小芬子，说要一块儿去看点什么。小芬子像被什么线牵着一样，跟着胖女人就走。一会儿她们就看到了前面的老班——他正摇晃着身子朝一片蜂箱那儿走。

蜂箱前面的蜜蜂围成一团。

胖女人伸手指了指东方。小芬子一看，太阳正像一个巨大的火球悬在枝梢上。胖女人嗓子撕裂一般大喊一声。小芬子一转脸，马上掩了嘴巴：一群蜜蜂追逐着老班，老班两手在头上拼命扑打，可是那些蜜蜂纷纷粘上了他的脸。

老班的嚎叫啊。

那些蜜蜂像听到了什么号令一样，一群群扑到了老班身上。

她们两个站在不远处，都看到了老班粗壮的身子密密糊了一层蜜蜂——老班先是四肢绷紧了站着，接着发出一声沉闷的叹息，倒在了地上。

他在地上作了一个很规范的"大"字。

蜜蜂仍把老班严严遮住。

两个女人在一边流着泪水，不停地呼叫。一些放蜂人听到了喊声，都放下手里的活计往这边奔跑。

大家都看到了老班的结局。

这是蜜蜂毁掉的第三个人了，第四个是谁呢？

他们互相看着，极力想从对方脸上看出什么异样的痕迹来。可是他们看不出。

图书在版编目（CIP）数据

绿色遥思／张炜著. —北京：生活·读书·新知三联书
店，2010.1（2013.7 重印）
（中学图书馆文库）
ISBN 978 − 7 − 108 − 03356 − 7

Ⅰ.绿… Ⅱ.张… Ⅲ.散文 − 作品集 − 中国 − 当代
Ⅳ.I267

中国版本图书馆 CIP 数据核字（2009）第 204602 号

责任编辑　张　荷
装帧设计　朱　锷
出版发行　生活·讀書·新知 三联书店
　　　　　（北京市东城区美术馆东街 22 号）
邮　　编　100010
网　　址　www.sdxjpc.com
经　　销　新华书店
印　　刷　北京鹏润伟业印刷有限公司
版　　次　2010 年 1 月北京第 1 版
　　　　　2013 年 7 月北京第 2 次印刷
开　　本　787 毫米 × 1092 毫米 1／32　印张 8
字　　数　148 千字
印　　数　10,001 − 14,000 册
定　　价　26.00 元
（印装查询：01064002715；邮购查询：01084010542）